Sommaire

Épisode 0 - Pilote

Je sors de l'ascenseur (voir fiche descriptive Sevy Dralliev).

Je suis pressé, ça se voit, je me rue vers la sortie de l'immeuble, mais devant moi, une grosse dame passant la serpillière me bouche le passage.

Je stoppe net avec un regard de bête traquée et je pense …

« OH NON, pitié, pas aujourd'hui, j'ai un steering comity *(comité de direction)* dans une demi heure ! »

« Alors, comment qu'y va aujourd'hui !? »

Elle est comme ça, tata Baluchon, elle ne connaît ni le voussoiement, ou alors que très exceptionnellement, ni le tutoiement. Elle s'adresse toujours aux autres à la troisième personne.

Puis, s'approchant dangereusement de moi, elle continue avec :

« Y veut pas rentrer boire un amer Picon le petit monsieur du troisième ? » …

« OUH la la cette haleine de baleine qu'elle a !!! »

De ce qui lui sert de bouche peinturlurée d'un rouge à lèvres bon marché émanent des relents de vinasse, d'ail, d'oignon, de chou suri et de dégueulis …

« Non, vraiment, sans façon, jamais le matin et pas aujourd'hui j'ai un comité de direction dans une …. »

« Allez ! y va pas faire de manière ! »

Et elle me pousse vers sa loge avec son balai.

Ah tiens, il est vivant !

Le perroquet que je croyais empaillé vient de bouger dans sa cage ! Il se gratte le cou avec sa patte … forcément, avec tous ces chats …. Merde ! mais moi aussi je vais en attraper ….

« Il est joli coco »

Et en plus il parle !

La voisine du 3ème gauche (voir fiche descriptive) frappe au chambranle de la porte ouverte de la loge …

« Est-ce qu'il y a du courrier pour moi ? »

Et le perroquet de répondre :

« Elle est jolie cocotte ! »

Le commissaire de police entre d'autorité dans la loge :

« Madame Baluchon, vous êtes en état d'arrestation ! »

Et le perroquet :

« Dehors le flic ! »

Entrée du cameraman et de la journaliste de FR3

Le perroquet :

« Appelez mon imprésario ! »

Les propriétaires du 1er font leur entrée avec leurs deux gosses dont le bébé qui braille

« On ne s'entend plus »

confirme le perroquet.

Le propriétaire du 5ème passe dans la loge sans s'arrêter et repart avec le commissaire et les propriétaires du 1er … suivi de la télé …

Je tente une sortie discrète …. Mais tata Baluchon veille au grain.

« Halte là, le petit monsieur du 3ème, il a pas fini son amer Picon ! »

Un matelot maure entre

« Y'a rien à boire ici ? »

Le perroquet (chante) :

« C'est nous les gars de la marine … »

Le marin attrape mon verre et le vide. Il repart comme il était venu.

Je demande

« Je peux partir maintenant ? »

Mais M. Boudin, charcutier de son état entre dans la loge un porte-voix à la main et casse une douzaine de tympans en hurlant avant que nous ayons le temps de nous boucher les oreilles …

« Votez Baluchon »

Il sort en continuant de vociférer dans son ustensile :

« Dans Baluchon tout est bon ! »

Le prof de kung fu fait irruption, il saute par-dessus la table et se jette sur le portemanteau pour lui asséner un atémi létal …. Il repart en passant à quatre pattes sous la table.

Elle

«Y peut partir, mais on se reverra ! »

Épisode 1 - Tata Baluchon organise des soirées libertines.

Bonjour les amies et les amis …. Comment allez-vous bien ?

Connaissez-vous ma tante Baluchon ?

Ou plutôt madame Baluchon car je viens de m'installer dans cet immeuble et ne sais pas encore (ni elle non plus) que nous sommes parents.

Un sacré personnage, c'est moi qui vous le dis …. Elle n'a pas sa langue dans la poche de sa blouse, non …. Elle l'a plutôt bien pendue à l'entrée de sa loge !

Attention, sa loge ne signifie pas qu'elle soit franc maçonne …. Ou alors maçonne comme la guêpe éponyme qui pique plus vite que son ombre !

Sa loge, figurez-vous, c'est un deux pièces au rez-de-chaussée de l'immeuble où j'habite rue puce-pique …. Euh ! … non, pardon, Pic-Puce !

Il est coquet son petit appartement mais quand on passe devant sa porte, ce qui choque les narines c'est cette odeur de pisse de chat !

Elle, c'est une femme d'une cinquantaine d'années, assez obèse, je dirais dans les cent dix cent quinze kilos, avec des cheveux poivre et sel lavasses, tenus en chignon croûton par un lacet de chaussure, une robe large avec des dessins de légumes genre pommes de terre, poireaux, carottes, navets, cornichons … d'ailleurs, ça sent souvent le chou dans les escaliers !

Quand elle sourit, sa bouche se découvre sur deux rangées de chicots noirâtres et malodorants si on s'approche trop !

Elle dispose d'une paire de nibards très impressionnante au point qu'elle n'a jamais trouvé de soutif à sa taille et qui reposent sur son bide proéminent alors que l'ensemble repose sur une paire de guiboles grosses comme des baguettes asiatiques (En fait ça doit être un effet d'optique !) elles-mêmes agrémentées de grosses chaussettes à motifs écossais fourrées dans des pantoufles usées de partout.

***

Une fois, elle se tenait dans l'embrasure de la porte de son coquet petit deux pièces à puces … de chats ….

Elle me salue d'un généreux

« Alors, comment qu'y va aujourd'hui !? »

Elle est comme ça, tata Baluchon, elle ne connaît ni le voussoiement, ou alors que très exceptionnellement, ni le tutoiement. Elle s'adresse toujours aux autres à la troisième personne.

Ça m'a surpris parce que je ne l'avais pas vu depuis quinze jours ….. Mais elle est comme ça, pour elle le temps compte peu, ce qui compte c'est le jour de paie et celui des étrennes !

Puis, s'approchant dangereusement de moi, elle continue avec :

« Y veut pas rentrer boire un amer Picon le petit monsieur du troisième ? » …

OUH la la cette haleine de baleine qu'elle a !!! De ce qui lui sert de bouche peinturlurée d'un rouge à lèvres bon marché émanent des relents de vinasse, d'ail, d'oignon, de chou suri et de dégueulis …

Dites ? Comment résister à une si gentille et imprévisible invitation ?

Tout en faisant un pas en arrière, je me suis forcé à rester poli et ai refusé sa proposition … avec insuffisamment de fermeté ce qui explique qu'elle m'a attrapé par le bras pour me faire rentrer et a tiré la porte derrière nous !

Oh la la le coquet appartement …. C'est propre, ce n'est pas la question, c'est propre mais très encombré, il faut faire le tour d'un tas d'objets pour circuler dans le salon ou règne une grande table ….. disons ….. d'exposition … entourée de grosses chaises énormes en gros bois d'arbre avec un siège en rotin délavé …

Sur la table, des photos, des ustensiles diverses et variés, des cendriers …. vides …. des pots de fleurs …. vides … des boîtes à biscuits avec des dessins de bergères et de moutons et des moulins et des fleurs, elles aussi …. très défraîchies …. Un vrai souk, un bric-à-brac, une foire à tout permanente …. Et sur les murs, des tonnes de photos et des tableaux découpés sur d'autres boîtes à biscuits …. en carton … les boîtes, pas les biscuits !

Elle se dirige droit sur un gros bahut breton avec ses grosses portes, ses torsades, ses sculptures de têtes de bretons avec des chapeaux ronds et de bretonnes avec leur bigouden …. Et au milieu du bas du buffet, un buste en plâtre peint avec écrit à la base « mon défunt papa » …. Il a un de ces tarins !!!

Je commence à perdre pied ….. et cette odeur de pisse de chat et de chou …. Boudiou !!!!

Elle ouvre une porte et sort deux verres opaques, complètement entartrés avec en plus des traces indéfinissables … Elle ne va tout de même pas me servir dans ces ….. ces …… verres sales ! ?

Elle pose les …. Trucs sales sur la table et sa main plonge derechef dans le bahut comme la main d'ma sœur dans ….. non, c'est une autre histoire !

Et je me mets à délirer …. Non, me dis-je, elle ne va pas sortir …..

Eh oui …. Une boîte à biscuits d'il y a cent ans …. Elle l'ouvre avant de la poser sur la table et je peux apercevoir des biscuits apéro de la dernière guerre avec tout plein de chanci dessus !

Je commence à avoir envie de gerber ….. et ça devient rapidement une obsession … mais comment ai-je pu me laisser enfermé dans pareil piège ! ?

Ah tiens, il est vivant !

Le perroquet que je croyais empaillé vient de bouger dans sa cage ! Il se gratte le cou avec sa patte … forcément, avec tous ces chats …. Merde ! mais moi aussi je vais en attraper …. Putain, ça commence à vraiment m'énerver … elle me met le verre dans la main et trinque bruyamment …. « A la vôtre ! » me lance-t-elle avec un sourire laissant apparaître de gros chicots noirâtres …. Je me sens défaillir !!!!!

Je ne trouve rien de mieux à faire pour me requinquer rapidos que de tremper mes lèvres dans le liquide en guise de remontant …… malheur de malheur !!!! Je pose précipitamment le verre et me jette hors du bouiboui … j'ai juste le temps d'atteindre le trottoir et le caniveau …..

Je vous laisse deviner la chute !

Bon ! Une fois que j'ai déposé mon déjeuner dans le caniveau, j'ai entrepris de rejoindre mes pénates … Mais la bignole était sur le pas de sa porte visiblement occupée à m'attendre.

« Y va pas bien le p'tit monsieur du troisième ? »

« J'ai du manger quelque chose qui ne passe pas » réponds poliment. »

« Dites, monsieur du troisième, je voulais vous parler de mes petites soirées que j'organise pour mes amies et amis … »

« Des petites soirées ? » à peine ai-je posé la question que je me gifle virtuellement d'avoir eu ce réflexe idiot !

« Des petites soirées libertines … ça pourrait vous intéresser vous qui êtes célibataire. »

Je ne sais que faire, je reste coi et droit dans ma perplexité !

« Tenez ! » Elle me tend un petit carton de couleur incertaine et bariolée.

Elle poursuit :

« C'est une invitation gratuite pour que puissiez 'goûter' aux plaisirs du libertinage en toute liberté. »

Je dois faire une drôle de bobine …. Elle me tapote dans le dos

« Vous devriez prendre un bouillon de légumes, ça vous remettrait sur pied … bougez pas, je vais vous en chercher … »

Elle disparaît dans son boudoir et je me précipite sur l'ascenseur … mais ce traître prend tout son temps et elle revient avant qu'il n'arrive !

« Tenez, vous m'en direz des nouvelles .. ! »

Elle me tend un bocal dans lequel flottent des morceaux de légumes innommables baignant dans un liquide brunâtre et verdâtre tout à la fois. Je recommence à avoir les tripes qui gigotent …

« L'invitation est valable pour une semaine et c'est tous les soirs dans le local à linge à partir de 21 heures. »

Cette précieuse précision me laisse sans voix.

« Y'a votre voisine de palier qui vient presque tous les soirs et on a aussi un policier du quartier qui est un fidèle et aussi les jumelles de l'immeuble d'à côté et plein d'autres que j'oublie …. Mais vous verrez, y'a une ambiance du tonnerre et on s'amuse comme des fous ! »

Ma tronche doit ressembler à serpillière car elle précise :

« Moi, je ne participe pas aux orgies, je sers les boissons et les capotes. »

L'ascenseur arrive enfin et j'appuie sur le bouton du troisième avec soulagement …

Las ! Au moment où la porte se referme, elle la bloque avec sa pantoufle et me souffle :

« Vous viendrez, je compte sur vous, j'ai des petites poulettes que vous allez A DO RER !!! »

Vite, je vide le bocal dans les toilettes en me bouchant les narines et je tire la chaîne plusieurs fois

Je jette le bocal et le carton d'invitation dans la poubelle et je me lave longuement les mains puis j'ouvre en grand les fenêtres.

Relax dans mon fauteuil Voltaire préféré, un whisky glaçons sur la table basse, je me laisse aller à mes rêveries habituelles …..

Des poulettes ….. qu'est-ce qu'elle peut bien appeler des « poulettes » ? A-t-elle dit 'poulettes' ou 'boulettes' ? Vous allez adorer mes boulettes …. Si c'est comme son bouillon …

Dans le local à linge …. Quelle horreur !

C'est quoi, exactement des soirées libertines organisées par Tata …? j'espère qu'elle ne leur sert pas du bouillon de légumes dans les capotes … elle va les tuer !

Ma voisine de palier, mais elle est mariée celle là ! Elle doit bien avoir la cinquantaine et elle fume comme un sapeur !

C'est vraiment du grand n'importe quoi ce machin …

J'ai de nombreux défauts mais les pires sont ma curiosité naturelle et ma compassion vis-à-vis de mon prochain … je me lève et je récupère le carton dans la poubelle …. On ne sait jamais !

Et puis mieux vaut ne pas se fâcher avec Tata …. Elle peut nuire !

Mon carton dans la poche révolver de mon jean, je descends à reculons l'escalier qui me mènera jusqu'au local à linge si je ne fais pas demi-tour … je ne suis pas fier, j'ai longtemps hésité … j'hésite encore et je descends marche après marche comme si c'était mon chemin de croix !

Toute ma raison me dit de ne pas aller me fourrer dans ce traquenard et toute mon intelligence me crie d'y aller … pour voir ce qui peut bien ce tramer dans ce foutu local ….. à linge !

Je suis devant la porte sur laquelle est écrit « local à linge ». De la musique disco parvient à mes oreilles avec ses rythmes binaires et ses basses assommantes.

La main sur la clenche de la porte, je ne parviens pas à me décider.

Je me décide enfin à renoncer à l'aventure et je fais demi-tour pour tomber nez à nez avec ma voisine de palier : madame Marie-Madeleine veuve Poignet remariée Couilloux – c'est ce qu'il y a d'écrit sur sa boîte aux lettres.

Ma voisine de palier, comme je l'ai déjà dit, est une femme d'une cinquantaine bien avancée, elle fume beaucoup et ce doit être pour cette raison que sa peau est toute brune et flétrie. Ses cheveux mi-longs mi-gras mi-coiffés mi-décoiffés sont teints au henné pour couvrir le blanc de base. Du coup, sa couleur est une espèce de roux léger tendant vers le jaune paille. Elle a dû être une jolie jeune femme mais elle s'est laissé aller et son embonpoint au niveau des hanches et de la poitrine en fait une forte femme. Elle est coquette et porte un caraco en angora synthétique bleu métallique et une presque mini-jupe rose au dessus de souliers talons aiguilles rouges. Son visage fardé, ses yeux marron cernés de violet et ses lèvres fartées de rouge vermillon. L'ensemble lui confère un look de péripatéticienne amatrice.

« Ah ! bonsoir monsieur mon voisin du troisième, vous venez pour la soirée pizza ? »

Elle ne sait toujours pas encore mon nom, pensais-je à l'intérieur de moi-même !

Sa remarque lève en moi une question :

« Soirée pizza ? »

« Oui, madame Baluchon crée des soirées à thème ! »

Elle me scrute et croit déceler en moi une autre question :

« Mais rassurez-vous, on vient bien pour la chose ! »

Tout en me parlant, elle m'a entraîné plus ou moins contre mon gré à l'intérieur du local à linge et m'a également passé une main sur les fesses !

Tout va trop vite et j'ai tant d'éléments à intégrer ….

La pièce est petite mal éclairée et sent le moisi et la lessive mélangée à la fumée de cigarette qui envahi mes poumons de non fumeur, c'est là que les locataires qui le souhaitent peuvent laisser sécher leur linge et, effectivement, il y a des trucs qui pendouillent sur des fils nylon ; des soutifs, des petites culottes, des marcels ....

Sur le mur face à l'entrée, un poster du Che .... Chantre du libertinage, c'est bien connu !

Dans un coin, madame Baluchon, notre concierge, a installé des cageots posés les uns sur les autres formant un mini bar éclairé par en dessous par un spot rouge qui donne un côté tout à fait surréaliste à la scène.

Sur une table basse usée, un tourne disque des années 80 crache une musique exécutée à la hache et faucille.

Quelques tabourets vides jonchent le sol et un canapé ayant perdu sa dignité, sa couleur et sa peau supporte tant bien que mal un couple presque nu qui s'agite dans un ballet copulatoire plutôt pathétique.

Ma voisine de palier semble plus sensible que moi à ce spectacle spasmodique car elle me pelote les fesses avec beaucoup de ferveur et se frotte à moi comme une chatte en chaleur.

C'est à cet instant que Tata me saute dessus pour me biser. Ce rapprochement aussi soudain qu'inattendu me permet de sentir les remugles de touffe mal entretenue, de pisse de chat, de cou et de sueur alcaline dont madame Baluchon s'est parfumée pour cette soirée dont le thème est « la pizza », je le rappelle !

Une traînée humide et visqueuse s'accroche à ma joue droite après la bise.

« Ah ! Il est venu, je suis ravie … et il a fait plus ample connaissance avec sa voisine de palier, c'est parfait …. Le canapé sera bientôt disponible … en attendant, qu'est-ce que je lui sers ? … Je précise que si l'entrée est gratuite pour les nouveaux, les boissons et les encas ne le sont pas ! »

Je dois avoir l'air drôlement con !

Certes, le ridicule ne tue plus depuis que Dagobert a remis sa culotte à l'endroit mais il rend les choses très difficiles.

Par bonheur, ma voisine de palier entreprend de me décomplexer en se saisissant de mes joyeuses avec la même conviction que celle qu'un candidat à la députation met à serrer les mains sur le marché le dimanche.

Me voici plié en deux …. C'est sensible ces choses là, c'est pas des pognes !

Le temps que je reprenne mes esprits et une certaine constance, un individu louche fait son entrée et avant d'avoir refermé la porte embrasse ma voisine de palier sur la bouche avec une fougue digne de Schubert ! …….. Euh ….. Ah non, pardon ! Schubert, lui, c'était les fugues !

Elle le repousse mollement et lui annonce :

« Non, pas ce soir, je suis déjà accompagné ! »

« Avec qui ? » éructe-t-il avec rage.

« Monsieur. » et elle me désigne du doigt alors que je pose mon fondement sur un tabouret branlant (et dans les circonstances actuelles ….).

« Et alors, on peut le faire à trois, non ? » et il regarde Tata en posant cette « questiaffirmation ».

« Pas de problème. » répond goguenarde la bignolle en ajoutant ….

« Pizza pour tout l'monde ! »

D'autorité elle nous apporte un morceau de charbon dans une assiette en carton de médiocre qualité avec un couvert en ersatz de plastique.

« C'est 5 € chacun … et pour les boissons, je vous sers du vin ?»

Elle nous apporte chacun un gobelet mi-plein mi-vide en carton assorti aux assiettes.

« C'est 5 € chacun. »

Je ne sais plus comment me tirer d'affaire. Impossible de toucher au morceau de charbon rebaptisé pour l'occasion 'part de pizza' et je me dis que je serais fort téméraire d'oser goûter le vin. Et puis l'odeur âcre et enfumée du local à linge commence à me donner un mal de tête qui risque de me poursuivre longtemps …

« Le canapé est libre, vous pouvez y'aller. » annonce fièrement la caissière barmaid entremetteuse concierge.

L'individu louche déguisé en policier de carrefour moins le képi et le ceinturon agrippe Marie-Madeleine qui me happe le bras et nous plongeons follement sur le canapé qui ne pouvant résister à notre ferveur érotique s'écroule brutalement.

Je dois avouer qu'à partir de ce moment là, j'ai du mal à me souvenir de ce qui s'est réellement passé car tout le monde criait en même temps tout en se bousculant, se tirant, se poussant ….

J'ai entendu Tata hurler quelque chose comme :

« Un canapé tout neuf, ça va vous coûter sept cents € ! »

Le drôle de policier lui rétorquant :

« Il était déjà foutu votre satané canapé ! »

Et ma voisine de palier surenchérir :

« Je ne paierai pas un kopek pour cette ruine ! »

Ça a crié comme ça un moment … je voulais partir mais Tata faisait barrage pour toucher son argent quand soudain elle a été bousculée par la porte s'ouvrant vers l'intérieur et une armée de policiers s'est engouffrée dans le local à linge. La boîte libertine s'est transformée soudain en boîte à sardines.

Nous nous sommes retrouvés au poste de police du quartier et un inspecteur nous a promis la prison pour tapage nocturne aggravé de proxénétisme.

Heureusement le commissaire s'est montré plus compréhensif et nous a laissé repartir libres vers trois heures du matin après un sermon digne de Saint Simon et la promesse de ne plus jamais recommencer nos 'gamineries' !

Je n'ai pas pris l'ascenseur, mais l'escalier dont j'ai grimpé quatre à quatre les marches jusqu'au troisième. J'ai fermé à triple tour derrière moi et je suis allé me coucher sans me brosser les dents.

Je n'ai pu éviter, le lendemain, Tata qui avait mis son pongo dans l'entrée entre la porte de sa loge et la porte de l'immeuble.

« Vous me devez dix €uros pour les consommations et cent pour le canapé. » M'a-t-elle annoncé avec une mine des plus renfrognée.

Épisode 2 - Tata Baluchon apprend le kung fu.

J'vous ai déjà parlé de ma concierge, madame Baluchon, vous savez qu'elle fait preuve d'une ingéniosité qui n'a d'égale que son ingénuité !

L'autre jour, elle m'intercepte dans le hall d'entrée de l'immeuble et entreprend de me narrer par le détail sa dernière aventure.

Une petite annonce au super marché a retenu son attention, elle a décidé de se mettre au kung fu pour se défendre et protéger l'immeuble contre les racailles.

On n'a jamais eu aucun problème mais, dit-elle, mieux vaut prévenir que guérir !

Madame Baluchon m'explique l'importance des arts martiaux pour le monde entier elle me récite ce que son prof lui a appris :

« Les techniques des arts martiaux asiatiques ont traversé les âges et les frontières, et se sont répandus du Tibet au Liechtenstein en passant par le Boukistan et même le Kukisdétan pour arriver jusqu'aux Amériques et y atteindre leur apogée !

Aujourd'hui, la France présente un déficit en matières d'arts martiaux mais qui peut être rattrapé avec un certain nombre d'efforts.

Tous français devrait apprendre au moins une technique de défense comme le judo et si possible une technique d'attaque comme le kung fu. Les deux sont complémentaires. »

Que voilà une belle profession de foi, vous ne trouvez pas ?

Nos hommes politiques devraient en prendre de la graine !

Elle continue son histoire …

« Vous voyez où est le supermarché ? Eh bien ce n'est pas là ! »

Elle est comme ça, ma tata, elle n'aime pas quand c'est trop simple, ça lui donne l'impression de ne pas être assez …. complexe !

« Mais c'est pas loin … après le super marché, c'est dans la même rue, vous allez tout au bout de la rue Mordicus, vous tournez à droit puis la deuxième à gauche et vous arrivez dans la rue Farfadet. Dans le milieu de la rue il y a un gymnase, le Saint Frusquin c'est là que tous les mercredis soirs notre prof de kung fu, monsieur Assamoto Saké enseigne pour les femmes. Les hommes c'est le jeudi.

On est une douzaine, le double des hommes, et on apprend des tas de trucs pour se défendre et attaquer en cas d'agression.

Ce qu'il y a de bien, c'est que ce n'est pas seulement le corps qui travaille mais c'est aussi l'esprit car le kung fu est une philosophie qui enseigne que l'âme et le corps ne font qu'un et que si vous donnez un coup de pied sans accompagner le coup d'une volonté de l'esprit de tuer l'adversaire …… »

Je dois la regarder bizarrement parce qu'elle vient de s'interrompre.

« Y'a quelque chose qui ne va pas mon p'tit monsieur du troisième ? »

« Euh …. Non, pourquoi vous me demandez ça ? »

« Ben … si vous voyiez votre tête, vous aussi vous poseriez la question. »

« Je pense que c'est parce que vous parlez de 'tuer' votre adversaire, je croyais que les arts martiaux étaient moins violents que ça ! »

« Ah ! mais non, si on est attaqué on est en légitime défense et on peut très bien tuer si c'est nécessaire. D'ailleurs, c'est exactement pour ça que c'est une philosophie, on doit apprendre à se retenir de tuer alors qu'on sait comment s'y prendre ! Vous comprenez ? la maîtrise de soi, voilà ce qu'on nous apprend ! »

Vu la taille et l'âge de ma tata, j'ai comme un doute sur ses capacités à tuer. Si elle lève la jambe, elle va se déséquilibrer et tomber, j'en suis persuadé ! Malgré tout je lui pose la question qui me vient :

« Si vous tuez quelqu'un qui veut seulement vous voler votre cabas, ne craignez-vous pas que la légitime défense vous soit refusée et qu'on vous accuse d'une réponse disproportionnée par rapport à l'attaque ? »

« C'est bien pour ça qu'on doit toujours rester maître de son corps ! » Elle remonte sa petite culotte grande comme un porte-avion histoire de bien me faire comprendre sa toute nouvelle philosophie :

Maître de ton corps, de ton esprit et de tes sous vêtements !

Elle reprend son cours …

« Tiens, je vais lui montrer, il va m'attaquer et moi, je vais me défendre … »

Bien entendu, je me garde bien de ne rien faire, elle est foutu de se casser quelque chose ou de me donner un mauvais coup !

« Allez, soyez pas timide, il a rien à craindre, je maîtrise tout ! »

Je ne sais que faire …. Je fais semblant d'approcher ma main de son visage … mais elle ne bouge pas ….. je finis par tirer très doucement sur sa tignasse … ce qui me met un tas de gras malodorant sur les doigts.

« Non mais vous avez déjà vu des agresseurs qui vous attaque au ralenti pour vous tirer les cheveux ? Allons, il'y met un peu du sien, y fait au moins semblant de vouloir m'attaquer, sinon je ne pourrais rien lui apprendre ! »

Elle semble transcendée …. Excitée comme ses puces de ses chats, impatiente de me démontrer les effets de sa nouvelle philosophie …

Je fais semblant de vouloir lui mettre une claque …. Je crois qu'elle ne réagit pas, elle semble ne s'être aperçu de rien et puis ….. trois secondes après ma symbolique attaque, elle lance sa grosse paluche pleine de doigts dans la direction de mon visage ….. elle est tellement lente que j'aurais le temps d'aller prendre un p'tit déj. Au café du coin … j'évite cette main maladroite.

« Ah ! Y voit, j'ai fait semblant, je ne voulais pas le blesser, on ne sait jamais …. Mais au moins, il a une idée de ce que nous apprenons … et d'ailleurs ce n'est pas tout on apprend encore plein d'autres coups … »

A ce moment, la porte de l'ascenseur s'ouvre et ma voisine de palier en sort.

Ma concierge l'entreprend :

« Ah Madame du troisième gauche ! …. » ma concierge semble incapable de retenir aucun nom de famille, elle ne retient que les étages et la porte de gauche ou de droite !

« J'étais en train de montrer à votre voisin de palier les techniques du kung fu que notre prof monsieur Assamoto nous enseigne au gymnase Saint Frusquin tous les mercredis soir … les hommes c'est le jeudi si ça intéresse votre mari ! »

La dame du troisième ne semble pas plus intéressée que ça par les frasques de ma concierge, mais elle est polie et tente de se dégager du piège en douceur …

« Excusez madame Baluchon, mais je vais au kiosque pour acheter le journal à mon mari …. (Puis, tout bas pour que personne n'entende …) il paraît qu'on a encore trouvé une nouvelle victime de DSK !

La concierge pète soudain un plomb !

« Moi, si DSK avait cherché à me violer, voilà ce que je lui aurais administré ! ….. »

Elle me lance son pied droit chaussé de chausson type pantoufle à grosse semelle en crêpe dans les roustons m'expédiant dans les pommes !

Je suis resté au lit une semaine !

Maîtrise du corps et de l'esprit …. Mon cul !

Épisode 3 – Tata Baluchon fait du baby sitting.

Elle a mis une annonce à la porte de sa loge …
« jeune fille au père cherche 'bébi si tine' ». Des
locataires pas très malins ont fait appel à ses services
…

En passant devant la loge de ma concierge sur la
pointe des pieds et en rasant les murs dans l'espoir
d'échapper à sa vindicte 'bignolesque', j'aperçois une
feuille graisseuse scotchée sur la vitre. Je ne puis
résister à ma curiosité naturelle et je jette un œil
circonspect au brûlot !

« jeunne fille au père cherche bèèbi si tine. Adréçé
vos deux mandes à la conssierje. »

« C'est quoi ç't'embrouille » ne puis-je m'empêcher de penser !

Las ! j'ai relâché ma vigilance en me montrant trop curieux et trop près de la loge ….. malchance de malchance, la concierge m'a repéré et elle sort comme un diable de sa boîte en me lançant !

« Ah ! mon p'tit monsieur du 3ème droit, je suis contente de vous voir, vous avez vu mon annonce ? Dites, je sais que vous êtes célibataire mais si jamais vous connaissez quelqu'un qui a des enfants à faire garder, faudra leur parler de moi ! »

« Vous voulez garder des enfants en plus de tout ce que vous faites déjà pour l'immeuble et les locataires ? »

Après tout, les flatteries ne flattent que ceux qui s'y laissent prendre et à voir son sourire illuminé laissant apparaître deux bandes de chicots noirâtres sous sa moustache frisée, je me dis que mon compliment a fait mouche. Justement, en voilà 3 grosses qui sortent de la loge …. Bzzzzzz bzzzzzz

« Oui, il a raison, je suis très occupée mais j'ai vu dans une émission à la télé …. Euh …. Je sais plus le nom …. 'T'a la ça', je crois, que le 'bèèbi si tine' ça peut rapporter gros ! Jusqu'à cinquante euros par bébé et par jour ! »

Pour une fois … une fois n'est pas coutume …. Et parce que je suis de bonne humeur, j'ai un peu envie de me payer la tête de cette horrible madame Baluchon qui se conduit comme si elle était la propriétaire de notre immeuble !

« Vous avez un diplôme de puéricultrice ? »

« Ben ! Je veux pas élever des huîtres, je veux juste garder des bébés ! »

Me rétorque-t-elle d'un air interlope et savant !

Elle a dans son regard de demi-aveugle une petite étincelle qui m'indique qu'elle pense m'avoir bien mouché ! 3 autres sortent de la loge bzzzz bzzzz.

« Je veux dire : est-ce que vous avez l'expérience des enfants, madame Baluchon ? »

« Mon cher petit monsieur du 3ème, je suis vierge et j'en suis fière ! »

Elle en fait exprès ou quoi ?

Oui, dans le fond, elle ne veut pas avoir à se justifier sur ses compétences 'néantissimes' ! Et puis …. Qui voudrait faire des enfants à pareille mocheté ?

Je la titille …. Oui, euh … en tout bien tout honneur !

« Vous savez, les bébés, ça crie, ça pleure tout le temps et il faut leur consacrer tout son temps … »

« Et qu'est ce qu'il en sait mon petit monsieur du 3ème ? Il a des enfants cachés ? Parce que à ce que je sache il est toujours célibataire le petit monsieur du 3ème ! »

Et il y a dans sa voix cette méchante volonté de me moucher une bonne fois pour toutes …. Bzzzz bzzzz !

« Je vais lui dire, moi à ce petit monsieur ce que c'est que le 'bèèbi si tine' …. »

La porte de l'ascenseur se referme sur madame veuve Coignet, la locataire du cinquième.

A ce qu'on dit elle est veuve d'un ancien militaire qui aurait fini ses jours en prison pour avoir vendu des armes de contrebande au Boukistan.

C'est une dame âgée qui sort peu, elle a les cheveux blancs et une peau toute ridée et couverte de tâches brunâtres, les mains toutes froissées et elle porte toujours un imper usé à la corde, un cabas en osier au bras et un foulard fleuri sur la tête. Elle est voûtée et marche à tous petits pas.

« Ah ! madame du cinquième gauche, bien l'bonjour. Elle a vu mon affiche ?

Si elle connaît des gens qui cherchent du bèèbi si tine pour leurs enfants, il faut qu'elle leur parle de moi ! »

La dame passe sans un mot, sans un regard, comme si nous n'existions pas !

« Il est témoin, hein, elle ne répond jamais, même pas un bonjour ! »

Débouchant de l'escalier, les propriétaires du premier étage viennent droit sur nous.

Lui, un petit moustachu soigné costard 3 pièces, cravate à rayures d'une quarantaine bien sonnée, elle grande femme élégante en robe rouge moirée, grand chapeau rouge, chaussures à hauts talons rouges qui la rendent encore plus grande, un visage pâle et des lèvres rouges mais les yeux bleus et un bébé qui braille dans les bras plus une petite gamine d'à peine 3 ans accrochée à la robe de sa maman.

« Ils ne prennent pas l'ascenseur elle est xénophobe ! »

Me souffle la concierge avant de leur lancer un grand

« Bonjour les m'sieur dame du 1er ! »

Ils répondent en cœur

« Bonjour »

« Ils ont vu mon annonce ? »

La dame toute en rouge lui répond en couvrant les braillements du bébé

« Oui, justement, on voudrait faire un essai, vous pourriez nous les garder une heure ou deux le temps qu'on aille faire un tour au BHL (Bazar de l'Hôtel du Louvres) ? »

« Mais oui, bien sûr, avec joie et avec ça, faut'y vous l'envelopper ? »

Ma concierge est aux anges, elle saute sur le bébé qui cesse immédiatement ses cris et ouvre de grands yeux surpris, étonnés et inquiets avant de re-brailler de plus belle et plus fort !

La dame rouge tend le gros sac bleu que lui a passé son mari

« Voici le sac avec leurs affaires de rechange et le biberon est dans une heure, tout est là ! »

La concierge prend le sac et je ne puis m'empêcher de penser ....

« Ce bébé a l'air en forme, sauter un biberon ne le tuera pas .... Mais madame Baluchon tiendra-t-elle deux heures avec un pareil ténor de l'opéra ? »

Les parents s'enfuient et nous restons avec le bébé hurleur et la petite gamine au bord des larmes ....

« Il va m'aider, n'est-ce pas, y va pas me laisser comme ça avec deux mioches dont un qui crie, c'est pas humain ses cris, ils doivent le maltraiter pour qu'il hurle autant ! »

Stoïque, je lui rétorque

« A mon avis il a faim, un biberon le calmerait .... Même s'il n'a pas faim, d'ailleurs ! »

« D'où il tient ça le petit monsieur du 3ème ? »

« De ma tante Irma qui a eu 2 fausses couches et 4 beaux enfants …. Je l'ai vu faire, j'ai l'expérience ! »

La petite dont je tiens la main me la secoue ….. la main !

« Qu'est-ce qu'y a ma petite ? »

« Si il pleure c'est parce qu'il a fait caca, y'a qu'à le sentir, vous verrez bien … »

Justement, la concierge fait une tête bizarre depuis un moment …

« Y sent pas comme une odeur ? »

Ni une ni deux, nous pénétrons dans l'antre odoriférante de la concierge qui me repasse le bébé le temps qu'elle aille chercher des trucs dans sa chambre.

Elle revient avec un drap, des ciseaux, du coton, une bassine d'eau, des cotons tiges, une grande serviette de toilette, des gants plastique, une brosse à cheveux, et un gros savon de Marseille.

« On va lui donner un bain ordonne-t-elle dans sa moustache militaire ! »

Elle débarrasse la table de sa soupière posée sur une petite broderie et la met sur la chaise à gauche de la table.

Le bébé est promptement déshabillé et trempé dans la bassine après que la concierge lui ait enlevé avec le coton le surplus de selles sur les fesses. Le bambin est si surpris qu'il ne moufte pas, il trempe dans l'eau comme un bouchon et on voit bien que c'est un garçon. Ses yeux sont si grands ouverts qu'on peut craindre un instant qu'ils ne sortent de ses orbites !

Tout en le frictionnant au savon de Marseille, la concierge lui roucoule des

« gouzi gouzi le petit mâle, y va en faire des ravages chez les petites femelles ce petit ange ! »

Un grand « badaboum » nous fait sursauter, la concierge lâche le bébé qui boit la tasse et manque se noyer dans la bassine où il tente un dos crawlé sans succès !

Occupé au bain du bout d'chou, on avait oublié la petite qui vient de faire tomber la chaise sur laquelle madame baluchon avait débarrassé la table de sa soupière en porcelaine de Benghazi. La soupière baigne dans la soupe comme le bébé dans sa bassine, la concierge ne sait plus que faire, elle est en mode panique ! Je m'empresse d'attraper le noyé et je le roule dans la grande serviette de bain où il se met à hurler comme une meute de hyènes en chasse !

La petite a les chaussures pleines de soupe au choux qui pue et ça l'amuse de clapoter dedans, en étalant partout dans le salon ….. le boxon est à son paroxysme et c'est le moment que la concierge choisit pour lancer un gigantesque rauquement de fauve blessé en levant les bras !

Ca calme tout le monde d'un seul coup !

La petite regarde la concierge, le bébé sort la tête de la serviette pour voir quel est l'animal qui peut faire ce bruit incongru … ma concierge reprend conscience … elle parle haut et fort …

« Mais c'est pas possible ils vont me rendre chèvre, qu'est-ce que c'est que ces gosses qui me fichent un tel bordel dans ma loge ! »

Elle est furax, désolée, exténuée, paniquée, embêtée, dépitée …. Elle est tout ça à la fois et pire ….

Elle s'assied sur la chaise qu'elle vient de redresser, la soupe répand ses miasmes tout autour de nous, le bébé fait le dégoûté et se bouche les narines, j'en fait autant et la petite fille aussi … Nous restons un instant comme ça, sans bouger, sans rien dire, sans vie ….. Et puis d'un coup d'un seul, le bébé se remet à brailler comme une armée de prussiens.

Je tente un piteux :

« Bon ! c'est pas tout ça mais il faut que j'y aille, moi … »

Ma concierge me regarde abasourdie puis me jette autoritaire :

« Y va pas me laisser seule avec ces monstres, y peut pas faire ça, ce serait Dien Ben Phu et la Bérézina …… et puis il faut qu'il s'occupe de la petite fille, il faut la remettre au propre avant que ça mère ne la voit comme ça … allez, vous me les gardez sur la table tous les deux pendant que je nettoie et après on s'occupe d'eux. »

Quand les parents ont pointé le bout de leur nez dans l'embrasure de la loge, ils ont pu voir un spectacle idyllique.

Le bébé, langé jusqu'au cou dans le drap découpé de la concierge tétait joyeusement un biberon digne de Gargantua et la petite, assise sagement à la table lisait un tas de revues pipoles avec des images de sein nus, de fesses et de zizis pendouillant.

Nous, on n'a pas compris pourquoi ils se sont mis à hurler devant un spectacle si angélique !

Ils sont partis en colère et en criant

« Plus jamais, vous entendez, plus jamais vous ne poserez vos sales pattes sur nos enfants ….. »

Le bébé s'est remis à crier et pleurer !

Épisode 4 – Tata Baluchon donne des cours de philo

Oh la la ! je suis trop en retard !

Où est mon attaché case ?

Et mes clefs où ai-je bien pu fourrer mes clefs ?

Ah non, merde, j'ai envie de pisser …. Tant pis, j'irais au bureau …..

MAIS C'EST PAS VRAI !!!!   L'écriteau est sans appel : 'ascenseur en panne '

Je descends quatre à quatre les marches dans un ramdam de tous les enfers .... C'est ça qui a dû l'alerter ....

Ma concierge, madame Baluchon, que je ne présente plus, avec ses cent dix kilos, sa tignasse de balai chiottes, ses yeux pisseux, son nez piqué d'une multitude de vaisseaux rouges, ses joues piquetées d'une éternelle barbe de trois jours, sa moustache en bataille et ses chicots prêts à mordre la poussière .... Madame Baluchon bouche l'entrée de l'immeuble, campée dans une attitude de Sumo, elle attend de voir qui peut bien semer le trouble dans son immeuble !

Dites, ça vous arrive de vous dire .... « j'ai pas de chance ! »

Mais là, c'est carrément la schkoumoune sur pattes qui me barre le passage avec cet air renfrogné qu'ont les concierges en colère quand on ne respecte pas leur règlement intérieur qui s'applique même aux flics !

« C'est'y le p'tit monsieur du 3ème qui fait ce barouf insupportable dans un immeuble respectable avec gaz à tous les étages ?

C'est pas un hôtel de passe, ici, on ne se comporte pas comme dans un moulin où n'importe qui entre et sort sans respecter les bonnes manières, y dirait quoi le monsieur du 3ème si c'était la voisine du 3ème gauche qui lui faisait un tel barnum ? Et puis .... »

Ignorant courageusement les miasmes qui émanent de la bouche de la bignole, je l'instruis :

« Madame Baluchon, excusez-moi mais je suis très en retard et quand j'ai vu que l'ascenseur est en panne …. »

« Ah oui, alors comme ça, l'ascenseur serait une excuse pour faire du bruit à faire branler tout l'immeuble ? »

« Je m'excuse madame Baluchon, je vous jure que je suis très en retard, il faut que vous me laissiez passer. »

« Je vais le laisser …. »

Je fais un pas de côté pour engager une manœuvre de glissade vers la sortie, mais elle fait un pas pour obstruer le passage.

« Je vais le laisser mais avant, je veux lui donner une bonne leçon de savoir vivre, une leçon de 'phi lo zo phique', oui, tout ce qu'il y a de plus philosophique car voyez-vous, si on a tant de racailles de nos jours c'est parce qu'on n'enseigne plus la philosophie comme dans le temps où tout le monde était philosophe ! »

Et mon envie de pisser qui monte, qui monte …. C'est bien le moment de philosopher …. Le mieux, c'est de la laisser vider son sac sans moufeter …. Sinon j'en ai pour jusqu'à la nuit !

« Figurez-vous que pas plus tard qu'hier, je suis été faire mes courses au supermarché d'à côté …. Et savez-vous ce qu'y avait au rayon livres ? »

Ne pas moufeter, surtout ne pas moufeter !

« Un philosophe, il entend ? Un philosophe ! »

Qu'es-ce que je fais ? Je remonte pisser ? Je lui rentre dans le lard ? Non, ça c'est pas la peine elle est foutue de me sortir son fung ku …

« 'Au Frais' qu'il s'appelle ! Ah ça, c'est un érudit c't'homme là, on peut pas en dire autant de tout l'monde ! »

Je suis en retard, j'ai envie de pisser et ma concierge me donne une leçon de philo …. Et pas n'importe laquelle …. La philo pour séniles décérébrés de Onfray qu'elle appelle 'Au Frais' !

Mais qu'ai-je fait dans à la vie qui mérite pareil châtiment ?

« Savez-vous que des philosophes il y en a toujours eu ?

Attention, hein, y'en a beaucoup qui sont morts … trop même, sinon on n'aurait pas tous ces jeunes qui brûlent des voitures …. Tiens, un au hasard … Euh …. Comment qu'y s'appelle déjà ? …. »

Si en plus elle perd la mémoire …

« Ah ! oui ! Tente, le grand philosophe Tente … »

« Ne serait-ce pas plutôt Kant ? » Ouille je me mords les lèvres d'avoir osé …

« Bon, il va m'interrompre toutes les deux minutes ? Je croyais qu'il était en retard ?

Je reprends .. Tente ou Kant, comme on veut … eh bien monsieur 'Au Frais' nous a bien amusés car, explique-t-il … «

Elle se coupe la parole

« Dites ! ? vous trouvez pas que je parle comme un philosophe ? »

Ne pas moufeter !

« Kant servait d'horloge à son quartier ……….. pourquoi ? ……… parce qu'il était maniaque et d'une précision d'horloger dans ses habitudes et tous ses voisins pouvaient se passer de montre, il suffisait de le voir passer avec son chapeau pour savoir l'heure qu'il était ! » *(sic ! Michel Onfray sur France Culture le 24 juillet 2005)*

Elle reste là, fière comme Artaban …. Attendant vraisemblablement un compliment … Moi, je ne moufte pas !

« Y comprend mon locataire, y comprend que c'est ça la philosophie, la philosophie, c'est rendre service à son prochain en lui apportant ce qu'il peut … l'un c'est l'heure, l'autre c'est le calme …. En fonction de ce qu'on sait faire ! ……..

Et pourquoi y sautille comme ça mon locataire ? »

Je ne suis pas son locataire, je suis propriétaire de mon appartement et elle, elle est concierge appointée …. MERDE !!!!

« Je sautille parce que dans 30 secondes au plus je vais pisser dans mon pantalon ! »

Elle n'a pas l'habitude de me voir dans tous mes états, d'habitude je résiste assez bien à ses turpitudes …. Mais quand c'est le corps qui parle …..

« Vite, suivez-moi …. »

Elle m'entraîne dans sa loge et me montre ses 'ouaouas' …. OH BOUDIOU, c'était vraiment à un chouïa près !!!!!

Sans le vouloir, j'observe le cabinet d'aisance et je suis surpris de voir toutes les revues qui reposent sur une étagère …. Que des trucs de stars, de vedettes et de fils à papa ! Y'a même plein de revues sur les familles royales …. Ça doit la faire rêver !

Je sors ragaillardi !

« Alors, y va mieux ? »

« Oui, il faut que j'y aille, je suis très très en retard et … »

« Un peu plus un peu moins, au point où vous en êtes …. Et moi, j'ai pas fini mon exposé de philosophique ! »

Je suis tout contrit ! Elle ne va donc pas me lâcher ! ?

« Môssieur 'Au Frais' nous a aussi causé de Jean-Jacques Rousseau, un être abject qui utilise la philosophie pour défendre des idées nazies … ou presque ! Moi, je croyais que c'était un coureur cycliste ou un chanteur poilu, mais en fait, ce Rousseau prétendait qu'il fallait des pauvres pour que les riches puissent avoir assez de sous pour payer les pauvres pour leur travail. *(sic ! Michel Onfray sur France Culture le 24 juillet 2005)*

 Bon ! moi, je ne sais pas causé aussi bien que le philosophe du rayon livres du supermarché, mais si j'ai bien tout compris, ce Rousseau était un porc qui affirmait que les nantis ont seuls droit de philosopher, comme si les concierges c'était de la merde ! »

Elle finira bien par avoir mal aux jambes ou faim ou ….

« Vous voyez, mon p'tit monsieur du 3éme droite … »

C'est à ce moment que madame Marie-Madeleine veuve Poignet remariée Couilloux, ma voisine de palier du troisième gauche s'est mise à descendre les escaliers dans un bruit d'enfer !

OH ! Non !!!!

« Mais c'est la voisine du monsieur de 3ème droite, c'est vous qui faite cet énorme barouf en descendant les marches ? »

« Excusez-moi madame Baluchon, mais je suis très en retard et l'ascenseur est en panne et il faut me laisser passer … »

Ma concierge s'est déplacée juste assez pour me laisser passer en me faisant un geste qui ressemblait à ceux que font les agents de la circulation aux carrefours ….. Je me suis précipité dans la brèche sans demander mon reste et ai pris une grande bouffée d'air pas frais sur le trottoir crotté !

J'ai entendu :

« Je vais la laisser passer, mais avant, je veux lui donner une bonne leçon de savoir vivre, une leçon de 'phi lo zo phique' ………………… »

J'espère que ma voisine n'avait pas envie de pisser !

Épisode 5 – Tata Baluchon se lance en politique

« Bonjour mon p'tit monsieur du 3ème ! »

Je sursaute …. Cette voix dans mon dos ne m'est pas inconnue mais comme je suis attablé à la terrasse de la brasserie « le joyeux fossoyeur » en compagnie d'une amie, sirotant une petite bière fraîche par ce bel après-midi de fin août …. J'étais loin de penser à elle !

Elle s'assied d'autorité en piquant un siège à la table à côté pendant que la femme du monsieur est partie se refaire une toilette dans le salon de beauté au fond à droite (suivez les mouches) ….

Ma concierge s'est faite toute belle, elle a mis un filet sur ses cheveux, ce qui lui donne un air de pêche, du rouge qui déborde sur ses grosses lèvres lippues une robe à fleurs exotiques et étranges et des chaussures blanches presque pas sales. Elle a à la main un petit « baise en ville » qui pourrait contenir une armoire normande.

« Y'm'présente pas ? »

Demande-t-elle d'un ton enjoué qui ne me réjouit pas du tout !

« Madame Baluchon, concierge de 'mon' immeuble, Lolotte, une amie. »

J'ai insisté sur le 'mon' parce que depuis le temps qu'elle se comporte en propriétaire de l'immeuble dont elle n'est que la concierge …. Et qu'elle nous traite de 'locataires' !

« Y va voter pour moi, hein ? »

Quelle drôle de question !

« Voter pour vous ? Vous vous présentez ? »

« Ben oui, il est pas au courant …. Hep ! un kir cassis fraises des bois ! »

Pareil sans gêne …. Quel culot !

« Mais à quelle élection ? »

« Je me présente comme maire de l'arrondissement. »

Ca me laisse sans voix !

Lolotte commence à se trémousser, c'est mauvais signe …. J'espère que ça ne tournera pas au pugilat !

J'essaie de mettre un peu d'huile … dans l'potage …

« Tu vois, Lolotte, ma concierge sera peut-être notre prochaine mairesse. »

« Tu connais des gens célèbres à ce que je vois, je ne sais pas si je suis assez digne d'être à votre table ? »

Ca ! je le savais que la Lolotte allait nous plomber l'ambiance !

Heureusement, ma concierge ne comprend pas toujours les allusions perfides, surtout quand elle est concentrée sur sa propre personne !

« Vous voyez, je me suis mise sur mon 31 pour faire campagne … »

Lolotte a décidé de faire rager la bignole et en plus elle mime ses mauvaises manières en lui donnant du 'elle' :

« Elle chausse du 31 la candidate ? »

« Mais non, je chausse du 40, pourquoi elle me demande ça ? »

« Ben elle a pas dit qu'elle avait mis du 31 ? »

« Ah ça ! C'est une expression très vieille comme mes robes, ça veut dire que c'est quand qu'on se fait belle »

« Ah oui, effectivement, fallait bien cette précision si on veut comprendre ! »

Ouille ouille ouille, le courant ne passe pas entre les deux miss !

« Lolotte, tu m'avais pas dit que t'avais une course à faire avant que ça ferme ? »

Elle comprend vite, la Lolotte, elle avale d'un coup le fond de son verre et s'en va sans dire 'au revoir'.

« Elle est pas très bien élevée votre amie ! »

« Elle est très gentille mais elle a parfois des soucis … comme tout le monde, quoi ! Alors comme ça vous allez être mairesse ? »

« Oh ! attendez, je ne suis pas encore élue ! »

« Oui, mais tout le monde vous connait dans le quartier, vous allez faire un carton ! »

« Je fais comme les autres, je fais les marchés, je serre des mains, je distribue des tracts …. Et, faut pas l'dire mais j'en profite pour faire mes courses ! »

« Et vous vous présentez sous quelle étiquette ? »

« Sous quoi ? »

« Sous quelle étiquette …. Pour quel parti si vous préférez. »

« Ah ! non, moi, je ne vais pas dans les parties, je suis vierge et fière de l'être et puis avec tout ce qu'il y a à faire, je n'ai plus de temps pour la gaudriole ! »

« Non, madame Baluchon, je vous demande pour quel parti politique vous vous présentez ? »

« Ah ! pardon, mais si vous saviez le nombre d'obsédés que je suis obligée de rencontrer pour faire ma campagne … c'est fou les dingues qu'il y a sur terre ! Y'en a même un qui m'a demandé en mariage alors que je ne l'avais jamais vu ! »

 « Oui, mais faut dire aussi que vous avez une bien jolie robe ! »

Elle me regarde attentivement, cherchant indubitablement à déceler mes intentions cachées.

« Y l'est sûr qui va bien ? »

« Ben oui, je crois, pourquoi ? »

« C'est que le dingue qui m'a demandé en mariage a commencé par me dire : 'vous avez une bien jolie robe !' »

« Ah ! moi, je pensais que ça doit vous aider pour les contacts avec les électeurs. »

« Oh ! ils m'en posent des questions, vous pouvez pas savoir ! »

« C'est normal, si vous aspirez aux fonctions du premier officier d'état civil. »

« Quoi, qu'est-ce qu'y raconte ? Je ne veux pas rentrer dans l'armée ! »

« Mais non, madame Baluchon, c'est une formule pour désigner la fonction de maire d'une ville. Le maire est aussi le représentant de l'autorité et c'est pour ça qu'il est le chef de la police municipale. »

« Ah bon ! Je ne savais pas.

Alors, y va voter pour moi, hein ? »

« Je veux bien mais il faudrait que vous m'en disiez plus sur votre programme municipal ? »

« Oui, tout le monde me pose la même question alors j'ai fini par m'écrire un petit pense bête …. Euh … pour me souvenir, quoi, pas pour devenir bête ! »

Elle sort avec difficultés un papier gras de son sac qui pourrait contenir l'Arc de Triomphe.

Puis elle farfouille de nouveau dans son sac à malices pour en sortir des lunettes grosses comme des jumelles.

« D'abord, je vais améliorer la vie des concierges, il n'est pas normal qu'elles sortent les poubelles, les locataires n'auront qu'a mettre leurs déchets directement dans des containers de tri. Je vais décider une augmentation des paies des concierges qui ont bien du mérite et je vais leur donner une semaine de plus de vacances.»

Elle lève la tête pour voir l'effet que sa profession de foi fait sur ma personne.

J'ai un peu de mal à contenir mon hilarité.

« Ensuite, je vais interdire les SDF, ces gens qui dorment sur les trottoirs, c'est inacceptable et je ferai construire des dortoirs pour qu'ils ne restent plus dehors dans le froid et le chaud. »

Elle me jette un coup d'œil par-dessus ses lunettes …

« Je vais démonter ce fichu tramway qui fiche la pagaille partout dans notre arrondissement, les autres feront comme ils veulent. »

Petit coup d'œil furtif à ma personne ….

« Je vais faire Paris plage toute l'année pour que tout le monde puisse en profiter car il y a des gens qui partent en vacances et ne voient jamais la plage de Paris … »

Je mets ma main devant ma bouche mais ne peux retenir quelques soubresauts de tout le corps.

« Ça va pas ? »

Ce petit rappel à l'ordre me fait passer le fou rire qui me montait au nez !

« Bon ! j'en suis là, c'est des notes que j'ai prises des demandes des gens que je rencontre … si vous avez quelque chose à me demander, c'est le moment ! »

Je réfléchis à ce que je pourrais bien demander ?

« Madame Baluchon, diriez-vous que votre programme est plutôt de droite ou plutôt de gauche ? »

« Je dirai comme mon père, dieu le porte en pitié, à droite à gauche le chemin le plus court c'est tout droit !

Allez je vous quitte, je vais signer des mains et serrer des autograves !»

Le garçon de café arrive … je l'avais oublié celui-là !

« Ca fait 15 € »

C'est fou comme tout augmente à part les salaires !

Épisode 5bis – Tata Baluchon se lance en politique (suite…)

Madame Baluchon est vêtue (boudinée) de cuir, elle tient un fouet dans sa main droite et me hurle « tu vas payer chien de roumi ! » en lançant le fouet dans la direction de mon visage …

Je fais un bond de trois mètres de haut et je retombe abasourdi sur mon lit !

Purée : quel cauchemar !

Par la porte fenêtre grande ouverte pour donner un peu d'air à la chambre par ce matin de juin trop chaud, j'ouïs un haut parleur crier avec une ferveur tonitruante :

« Votez Baluchon – Avec Baluchon tous au balcon »

Ça ne veut rien dire, on dirait un slogan de Séguéla !

Ma curiosité l'emporte et je vais jusqu'au balcon voir de quoi il retourne.

En bas, c'est le branle bas de combat de rues.

Il y a un gros camion avec marqué dessus « FR3 télévision française », des caméras visant droit dans la fenêtre de la loge de ma concierge, des badauds ébaubis, des gens qui vont et viennent et un type bizarre qui tient un porte voix et continue de faire du Séguéla dans le texte :

« Avec Baluchon tout est bon dans le cochon ! Votez Baluchon pour une vie meilleure et que du bon !»

Je me dis que le gars doit prendre des cours de publicité dans une charcuterie.

Et voilà la star qui sort et se pose sur le trottoir devant l'une des caméras. Elle porte son inamovible robe à fleurs et un petit chapeau de paille sur lequel sont piqués des cerises (mais de mon balcon au 3ème, je ne peux pas voir si elles sont fausses ou vraies ?).

Faut que je descende, je ne peux pas rater ça !

J'arrive sur le trottoir où madame Baluchon est en pleine déclaration télévisuelle. Elle est entourée de sa future équipe municipale … ma voisine nympho du 3éme gauche, le propriétaire du 5éme droite, le charcutier qui tient le porte-voix et que je n'avais reconnu du haut de mon balcon, une dame très distinguée avec de la dentelle de Tulle et un chignon de Besançon caché sous un chapeau « Geneviève de Fontenay (à moins que ce ne soit elle en personne ?), et tout recroquevillé sur lui-même, un vieux monsieur papier mâché avec une canne …

Le commissaire est là en personne avec son inspecteur, ils scrutent la petite assistance de curieux afin d'en déceler d'éventuels meneurs.

Je n'entends que la fin de la dernière phrase de madame Baluchon ...

« …. ne serez jamais déçus car je tiendrai mes promesses, toutes mes promesses ! »

La journaliste reprend le micro à son propre compte et le repousse en sentant les remugles des postillons de la bignole ! C'est donc du bout des lèvres qu'elle mène son interview …

« Et quelles sont donc ces promesses, madame Baluchon ? »

La concierge plonge sa grosse paluche poilue dans ce qui lui sert de décolleté et qui pourrait me servir de hamac et elle en ressort un papier gras de chez le charcutier « au joyeux cochon ». Elle le défroisse un peu et lit :

« Je promets que je ne profiterai pas de mes pouvoirs pour me venger de tous les petits 'c' 'o' 'n' qui sonnent à ma porte ou tapent à mes carreaux la nuit quand tout dort dans la capitale. »

Elle lève la tête et ajoute :

« Mais faudra que ça cesse si y veulent pas que je les envoie en tôle ! »

« Je promets un meilleur avenir pour toutes les gardiennes d'immeubles de l'arrondissement et un salaire indexé sur la taxe des ordures ménagères ainsi qu'une prime de treizième mois payée par les locataires. »

Elle redresse la tête pour sourire à la caméra, puis replonge à nouveau dans son papier gras.

« Je promets d'assurer personnellement la sécurité dans le quartier avec l'aide de toutes les personnes qui viendront tous les mercredis soirs et les vendredis soirs au cours de kung fu au gymnase Saint Frusquin de l'amicale des garçons de café rue Farfadet. Ils auront droit à un prix réduit et une boisson gazeuse. »

Elle lève la tête et envoie un coup de pied en l'air qui manque la journaliste de peu !

Quelqu'un dans la foule crie

« Mort aux vaches ! »

Un rire inquiet parcourt l'assistance, on craint les représailles qui ne sauraient tarder …

Ma concierge se déhanche pour essayer d'apercevoir le quidam qui a osé lâcher cette grossière invective.

Elle prend le porte-voix des mains de son futur conseiller et balance au hasard Baltazar :

« Quand les vaches auront des dents tu pourras pisser tout seul … bouffon ! »

Hilarité générale et …. Quelques timides applaudissements …

Elle reprend la longue liste de ses promesses électorales …

« Je promets de créer des emplois pour qu'il n'y ait plus de vagabonds qui traînent dans les rues et dorment sous les ponts ! »

Elle tousse un peu, histoire de s'éclaircir la voix …

« Je vais interdire le quartier à toute la racaille qui vient voler les vieilles dames qui touchent une toute petite retraite et les autres qui ont tant de mal à gagner leur paie. »

« Je promets … »

La journaliste lui coupe la parole, la téméraire !

« Excusez-moi, madame Baluchon, mais comment allez-vous interdire à ces personnes de venir dans le quartier ? »

« Ben je vais dire que c'est interdit …. Et pis c'est tout …. Et qu'ils n'ont pas le droit de venir ! »

« Mais si ils viennent quand même ! ? »

« Comment y feraient …. Si c'est interdit ! ? »

Devant semblable assurance de soi, la journaliste n'a plus qu'à écouter la candidate dérouler son ruisseau de promesses douteuses …

« J'en étais où … avec toutes ces interruptions …. Ah ! oui !

Je promets que les voitures du quartier seront les seules autorisées à venir dans notre beau quartier … »

La journaliste manque s'étrangler et demande timidement

« Mais comment allez-vous faire ça ! ? »

« Dites, faut vous répéter toujours la même chose, à vous ! Vous comprenez vite mais à condition de vous expliquer longtemps ! »

La journaliste est si sidérée qu'elle ne trouve rien à répondre !

« Je promets …. Non … je voulais d'abord finir avec les voitures avant que je sois encore une fois coupée de parole …. Pour expliquer que si on a moins de voitures, ça fera donc moins de pollution et on aura plus de place pour se garer. »

Elle lève la tête avec fierté et se croit obligée de préciser :

« Moi, je n'ai pas de voiture, mais mon futur conseiller, monsieur Boudin, charcutier de son état en a une. Je lui laisse la parole … »

Monsieur Boudin à qui la journaliste tend le micro semble fort ennuyé

« Euh ! c'était pas prévu …. »

Il est pris d'une soudaine inspiration et hurle dans le micro tendu :

« Votez Baluchon, dans Baluchon tout est bon ! »

La journaliste a soustrait le micro de la bouche du sieur Boudin, mais pas assez vite et l'ingénieur de la prise de son s'est fait pété un tympan !

On appelle le SAMU et comme par hasard il passait dans la rue parallèle, ils sont là en quinze secondes.

L'ingé son est emmené sur un brancard dans l'ambulance toute sirène hurlante … ce qui ne doit pas lui arranger le tympan !

La journaliste s'apprête à s'en aller et madame Baluchon lui pince la manche et lui demande

« Et mon interviewe ? »

« Ah ! sans ingé son, ça va pas être possible …. Mais de toute façon on a largement de quoi couvrir l'évènement ! »

La rue retrouve son calme et ses voitures.

Le soir est tombé et nous nous retrouvons entre supporter de la candidate dans sa loge pour un amer Picon.

Par précaution, j'ai emmené une bouteille d'eau avec moi afin de participer sans risquer ma vie.

Le but de la réunion, c'est de voir au journal télévisé de la 3 la prestation de madame Baluchon du matin.

Ma voisine de palier, madame Marie-Madeleine veuve Poignet remariée Couilloux – c'est ce qu'il y a d'écrit sur sa boîte aux lettres à trouver moyen sous prétexte de manque de chaises de s'assoir sur les genoux du pompier, monsieur Feudedieu qui n'a pu assister au spectacle en matinée vu qu'il était de service.

La concierge à mis sa vieille boîte en ferraille rouillée sur la table de son salon et ceux qui ne sont pas encore au courant y picorent un ou deux petit gâteau sec qu'ils recrachent aussitôt dans le creux de leur main.

La pub semble interminable et la météo est de mauvais augures.

Enfin les infos commencent.

Les nouvelles sont chaudes, tout comme la météo. Des véhicules incendiés dans le nord de Paris, dans le sud de Paris, à l'Est, à l'Ouest ….le pompier gigote en sueur sur sa chaise sans qu'on sache si c'est à cause des infos et ça fait tressauter la veuve remariée qui peine à retenir de tous petits cris de souris.

La présentatrice du journal nous donne les toutes dernières mesures anticrises avec le nouvel impôt sur les retraites, le quatrième en quatre jours, le dixième en six mois …. Et on a droit à un reportage sur un couple de personnes âgées qui ont plus d'impôts que de retraite et qui demandent à être euthanasiés pour s'en sortir !

Madame Baluchon commence à sérieusement s'impatienter

« L'heure tourne …. C'est quand qu'on va nous voir ? »

La présentatrice annonce la fin du journal et la météo …. Tout le monde rouspète lorsque soudain la présentatrice prend un air contrit et dit :

« Excusez-moi, nous avons un dernier reportage à vous présenter dans le contexte de la campagne électorale pour les prochaines élections municipales, notre équipe est allée à la rencontre de la candidate unique : Madame Baluchon.

On voit l'immeuble mais avec la rue vide. Le commentateur commente :

« C'est dans un petit immeuble bourgeois de la rue Pic-Puce dans le dix neuvième que madame Baluchon... »

Apparaît une photo de la dite dame

« ... occupe les fonctions de gardienne d'immeuble. Puisqu'il semble qu'elle soit la seule candidate, il est fort probable qu'elle sera élue. Notre consort, la journaliste Amélie Pipelette est allée l'interviewer pour nous ... »

Apparaît enfin la rue avec son petit attroupement de curieux et la future équipe municipale. La journaliste parle dans son micro face à la candidate dont on ne voit que la nuque et les cheveux blancs, hirsutes et gras.

« C'est donc ici, que madame Baluchon, fort probablement future mairesse du dix neuvième occupe ses fonctions de gardienne d'immeuble et où elle occupe aussi un petit appartement de fonction dans lequel elle vit avec ses chats. Cette candidate peu conventionnelle fait des promesses que l'on peut qualifier pour le moins de farfelues puisqu'elle promet, par exemple, d'interdire la circulation aux véhicules qui ne sont pas du quartier et quand on lui demande comment elle compte s'y prendre, elle répond que c'est son problème. Je ne vous citerai pas les autres promesses incongrues qu'elle a faites.

C'était Amélie Pipelette depuis la rue Pic-Puce ... à vous l'antenne ! »

Et hop, le jingle météo …. 

Un grand silence règne dans la pièce.

Le pompier a cessé de bouger tout comme l'ensemble de l'assistance !

C'est la consternation générale !

Ma voisine de palier depuis son poste d'opération commando sur les genoux du pompier ose :

« Mais c'est n'importe quoi ! »

Le perroquet se permet

« Temps de merde ! »

La concierge toute courbée par le fardeau du reportage bidonné ferme la télé et on a peur qu'elle ne se mette à chialer !

Elle se redresse enfin et annonce joyeusement :

« Apéro pour tout l'monde !   *(silence étonné des convives)*

Ben quoi, vous en faites des têtes ? …. Vous z'avez pas entendu ???? …. On est les seuls candidats ….. sûrs d'être élus, ça se fête, non !? »

Et c'est comme ça que madame Baluchon a fini sa campagne électorale dans la liesse et l'alcool !

Épisode 5ter – Tata Baluchon se lance en politique (suite…)

Ils se sont tous donné rendez-vous dans la loge de tata pour assister en direct au débat politique télévisé par télé Montmartre et qui va opposer tata Baluchon au maire sortant monsieur Crapoule.

Les discussions vont bon train et les boissons emplissent les verres tandis que les salades et les tartes emplissent les assiettes en plastoc …

La voisine du 3ème gauche est très excitée, elle a un peu l'impression d'être proche d'une vedette …. Elle s'adresse au propriétaire du 1er sous l'œil peu amène de sa femme qui donne le biberon au bébé goguenard.

« Dites, vous croyez qu'elle va parler de nous ? »

« Je ne sais pas chère petite madame, mais je l'espère, elle nous doit beaucoup ! »

Le perroquet qui ne supporte pas les manières du bonhomme lui lance en criant

« faux cul ! »

L'autre fait semblant d'ignorer le psittacidé et continue sa drague

« Vous vous êtes mise en beauté, ce soir …. Votre mari n'est pas des nôtres ? »

« Non, le pauvre chéri, vous savez avec sa goutte, il ne peut plus se déplacer … mais il regarde la télé. »

La femme du propriétaire lui lance alors

« Vous auriez tout aussi bien pu rester avec lui, le pauvre ! »

La voisine ne veut pas en rester là

« Je ne vous empêche pas d'aller lui tenir compagnie. »

Le propriétaire est bien emmerdé

« Voyons, chacun fait comme il l'entend »

Le perroquet en se grattant le cou

« Il entend quoi par là »

Le propriétaire hausse les épaules et ils se taisent tous le trois mais le bébé lâche son biberon et gueule un bon coup

Le petit monsieur du 3ème droite discute avec le propriétaire du 5ème Gauche et le charcutier monsieur Boudin

« Vous croyez qu'elle va s'en sortir face au maire sortant ? »

« On s'en fout il ne se représente pas. »

Le charcutier montre qu'il est philosophe tendance sceptique

« Il ne faut jamais vendre la queue du cochon avant de l'avoir tué ! »

Le propriétaire du 5ème Gauche surenchérit

« Ni la peau de madame Baluchon avant les élections ! »

Le petit monsieur du 3ème droite met fin aux conjectures

« Attention, ça va commencer … »

Sur le plateau de Télé Montmartre, c'est le branle-bas de combat ... madame Baluchon et l'ancien maire sont en plein débat avant le direct ...

C'est tata Baluchon qui tient la dragée haute à Monsieur Crapoule

« ... et moi je vous dit qu'il faut en mettre ! et pis c'est tout ! »

« Mais non, voyons ce sera bien trop gras ! »

« Et pourquoi vous croyez qu'on appelle ça le 'bouillon gras ' ? »

« Oui, mais il faut être raisonnable, si vous mettez du saindoux, ce n'est plus du gras, c'est de la graisse »

« Dites-donc, est-ce que vous insinuez que je suis trop grosse ! ? »

« Ben si vous en mettez dans votre soupe aux pois, faut croire que vous ne faites pas un régime de starlette ! »

« Je vais vous en fiche, moi, des starlettes .... Vous vous prenez pour qui avec vos airs de .... »

La journaliste, complètement affolée croit bon d'intervenir

« Nous sommes à l'antenne dans 10 secondes, il faut arrêter vos querelles ... »

« Mais de quoi j'me mêle ? »

Demande le maire

« Elle fait quoi celle-là, elle met de l'huile sur le feu ? »

« Mais non …. Attention …. 5 .. 4 .. »

Tata la mouche

« Dites, on sait encore compter ! »

Jingle 

La présentatrice fait son métier et présente les 2 protagonistes qui vont participer au débat télévisé du siècle.

Pendant qu'elle énumère les qualités des uns et des autres, tata interpelle son adversaire

« Et du poireau, vous en mettez du poireau ? »

« Bien sûr, je vous ai déjà dit que c'est ma spécialité la soupe aux pois cassés ! »

« Alors c'est pas compréhensible que vous … »

La présentatrice ne lui laisse pas l'occasion de finir sa phrase

« Madame Baluchon, nous sommes en direct sur télé Montmartre, les téléspectateurs attendent des réponses à leurs questions qu'ils peuvent poser à tout instant sur notre site internet : TVM.fr

Et la question que tout le monde se pose s'adresse à monsieur Crapoule, notre maire : 'monsieur le maire, allez-vous, oui ou non vou re présenter à l'élection municipale ? »

Le maire se racle la gorge pour en chasser les embarras vocaux et s'éclaircir la voix

« Eh bien ….. comme je l'avais dit en son temps, il faut que je réfléchisse car les électeurs doivent me tendre la main s'ils veulent que je continue à gérer notre arrondissement dans un esprit de solidarité et d'équité sociale dans un contexte de modernisation permanente des équipements et des services publics qui me tiennent à cœur et qui sont le principe même d'une gestion saine et gratifiante pour chacune et chacun des administrés qui attendent de moi ce qu'ils sont en droit d'attendre en toute … »

Tata n'est pas contente …

« Eh ! OH ! c'est quoi ce baratin, on fait un débat ou une publicité pour des spaghettis bolognaises ? »

La présentatrice non plus

« Madame Baluchon, vous êtes priée de ne pas interrompre monsieur le maire qui répond si gentiment à une question qui intéresse tous les administrés qui nous regardent sur leur petit écran en direct ! »

Dans la loge de la concierge, la tension est maximum, les visages sont tirés et la voisine du 3ème s'accroche à la manche du propriétaire du 1er qui n'a qu'une crainte : que sa femme s'en aperçoive !

Le perroquet a mis son aile devant ses yeux pour ne pas voir ce spectacle affligent.

On peut voir Tata Baluchon dans la télé

« Ouais, ben ce qu'il dit est sans intérêt, on lui a posé une question, il répond oui ou non et pis c'est tout ! »

Le perroquet

« Vas'y tata ! »

Sur le plateau télé

Le maire ne peut en rester là

« Je ne suis pas aussi manichéen que madame Baluchon, ma réponse ne saurait se résoudre à …. »

« Dites donc, si vous voulez jouer au jeu des insultes, je ne vous laisserai pas me traiter de n'importe quoi espèce de machin machin vous-même ! »

La présentatrice essaie de calmer le jeu

« Mais non, madame Baluchon, le maire veut dire que tout n'est pas tout blanc ou tout noir, c'est ça le sens du mot manichéen »

« Oui ou ni oui ni non mais un oui nuancé de non si les électeurs ne sont pas au rendez-vous ! »

Tata Baluchon est toute chamboulée, et ça ne lui plaît pas

« Oh là dites donc si ils ont décidé de se payer ma bobine tous les deux, ça va pas marcher comme ça, des oui non ni non ni oui et patati et patata … faut pas me prendre pour une pomme, une question ça demande une réponse, pas un embrouillamini machimachin ! »

La présentatrice a l'air amusée

« Bien, donc, votre réponse, monsieur le maire, je la traduis pour celles et ceux qui n'auraient pas compris, est que vous êtes réservé et n'attendez qu'un signe de vos électeurs pour vous porter candidat. C'est bien ça ? »

Le maire opine

« C'est bien ça ! »

Tata se sent exclue

« Dites, si je vous dérange, faut le dire ! »

« Mais non, madame Baluchon, j'en viens bientôt à vous mais vous comprenez bien qu'il est important pour nos concitoyens de savoir si monsieur Crapoule est ou non candidat !

Bien !

Et comment vos électeurs peuvent-ils vous solliciter, monsieur le maire ? »

« Par tous moyens, ils peuvent venir me voir, ou m'écrire ou m'envoyer des e-mails d'encouragements ou bien même signer la pétition internautique à l'adresse suivante : www.pour.crapoule.com, et il peuvent même s'inscrire pour commander des T-Shirts, des mugs, des sweets … »

La présentatrice sent que ça va péter, elle désamorce !

« Bon, passons maintenant à madame Baluchon …. Vous nous avez déjà parlé de votre programme, mais vous ne nous avez encore rien dit sur la composition de votre futur conseil municipal ni du financement de vos projets ? »

Tata est toute joyeuse d'avoir enfin la parole

« Et bien je vais tout vous dire sans machimachin ni oui ni non ni sans tourner autour du pot trente six fois avant de répondre car les électrices et les électeurs attendent que je sois leur prochain maire pour que leur vie change enfin et que l'arrondissement devienne plus gai à vivre et qu'il y ait moins de corruption et de voleurs qui nous prennent des impôts pour se payer des voyages aux Baléares ou aux îles Ca …. »

Le maire s'énerve

« Mais c'est n'importe quoi, je ne vous permets pas de salir mon équipe et le formidable travail qu'ils ont fait depuis que nous sommes à la mairie où nous nous dévouons corps et âmes pour le bien être des cit…. »

« Ouais, c'est ça et vous croyez qu'on ne se souvient de rien !?

J'ai mes notes avec moi …. »

Elle farfouille dans ses notes … le maire en profite

« Mademoiselle Fayre, vous ne pouvez pas laisser madame Baluchon s'égarer dans des propos diffamatoires, sachez que je vais porter plainte contre elle si elle s'entête dans ses allégations attentatoires … »

« Tiens ! et ça, c'est du boudin ? »

Elle tend un article de journal découpé

« Je lis : 'voyage en Guyane pour monsieur le maire et ses conseillers '

Ça ne vous rappelle rien, peut-être ?

Je lis encore : 'Le voyage en Guyane de l'équipe municipale à coûté 145 000 euros pris sur le budget de la ville pour un résultat inexistant puisqu'il s'agissait d'assister au lancement d'une fusée au centre de lancement de Kourou. »

Le maire se défend

« Les journalistes disent n'importe quoi, et cette visite avait pour objectif de mettre dans la fusée un message à l'attention des civilisations extraterrestres, message qui a été écrit par les enfants de l'école et qui est un message de paix et de …. »

Et tata ne s'en laisse pas conter …

« 145 000 euros pour envoyer un message à des extraterrestres … vous auriez pu le faire avec des pigeons, ça aurait coûté moins cher ! et les pigeons, c'est nous !»

Dans la loge, tout le monde applaudi !

Le perroquet

« La concierge est à la télé »

Sur le plateau télé

La présentatrice essaie de recadrer le débat

« Madame Baluchon, vous n'avez pas répondu à mes questions, pouvez-vous nous en dire plus sur votre équipe ?

« Oui, je peux vous dire que nous, nous ne ferons pas des voyages à la Martinique aux frais du contribuable comme ce monsieur … »

Le maire sent la moutarde qui lui monte au nez …

« Cette fois c'en est trop ! Faites la taire ou je quitte le plateau ! »

La présentatrice commence à paniquer

« Madame Baluchon, plutôt que de colporter des ragots, nous vous serions très reconnaissants de nous parler de vos projets et de ce que vous comptez faire pour l'arrondissement ? »

« Et moi, j'aimerais bien que monsieur le maire nous explique ce qu'il allait faire avec toute son équipe à la Martinique puis l'année suivante à la Guadeloupe, puis à l'île Maurice à grands coûts de 100 000 euros, 115 000 euros …. »

« Ca suffit, c'est terminé, je ne resterai pas plus longtemps pour m'entendre insulter par des ragots sans fondements et des allégations mensongères, je vais porter plainte et je me présenterai aux prochaines élections pour ne surtout pas laisser ma place à de telles personnes qui salissent les personnes honorables ….. »

Il se lève et s'en va furax pendant que tata continue de le moquer …

« Eh bien on verra si les électeurs apprécient de payer pour vos voyages touristiques et vos messages aux extraterrestres ! »

La présentatrice est complètement abattue

« Chers téléspectateurs, c'est sur ce regrettable incident que nous terminons ce débat qui ne restera pas dans les anales de notre chaîne, bonsoir mesdames, mesdemoiselles, messieurs ! »

Dans la loge de madame Baluchon, c'est le délire !!!!!

Tout le monde danse et saute et crie et rigole …. Le propriétaire du 1er a pris madame Couilloux par la taille et danse avec elle pendant que sa femme tente de les décoller …

Le petit monsieur du 3ème droite a le dernier mot

« Ma tata, c'est une sacrée tata, c'est moi qui vous l'dis !!! »

Épisode 6 – Tata Baluchon surf dans internet

« Y connaît la nouvelle ? »

A peine descendu de l'ascenseur, tata me saute sur le poil.

« Non ! ? »

« Je vais avoir internet ! »

« Ah bon ! ? »

Et là, croyez-moi, je tomberai volontiers sur le cul si je ne craignais de choquer ma tata !

« YES ! »

Et elle accompagne sa parole d'un geste qu'on n'attend pas de sa part.

« Eh bien, je suis bien content pour toit, tata ! »

Et je reprends mon chemin, en route vers le bureau où tout n'est pas toujours bleu azur !

« Y va m'aider, hein ! ? »

Je sors en faisant semblant n'avoir pas entendu sa supplique …. Je n'ai pas envie de me retrouver assistant d'une indigente en informatique !

***

J'ai déjà oublié cette histoire d'internet quand je rentre chez moi.

Las ! tata m'attend de pied ferme, les jambes écartées, les mains sur les hanches et le châle en dentelle de Kinshasa sur la tête !

« Y m'a pas oublié, j'espère, parce que je trouve qu'il rentre bien tard ! »

Allons bon, en plus il faudrait que je me justifie ! C'est bien d'elle, ça, tenter de me culpabiliser pour éviter d'avoir à solliciter !

« Justement, là je suis fatigué et je n'ai qu'un hâte …. Prendre un bain, manger et me coucher ! »

« Et y va pas m'aider ? »

« Ben je suppose que ton FAI t'a tout expliqué. »

« Mon quoi ? »

« FAI, ça veut dire 'Fournisseur d'Accès à Internet '
celui qui t'a vendu internet, quoi ! »

« Ah ! Oui ! ….. ben figure-toi que je n'ai rien
compris à son charabia ! »

« Dans ce cas, il faut que tu prennes des cours auprès
d'un professionnel ! »

« Et c'est quoi ton métier ? »

« Ingénieur en informatique, mais je ne suis pas
spécialisé dans internet, je travaille dans le 'data ware
house'. »

« Le quoi ? »

« Écoute, tata, j'ai eu une rude journée, vraiment j'ai
besoin de me reposer ….. on verra ça une autre fois,
quand j'aurais un peu de temps … »

« À la Saint Glin Glin ? »

« Mais non, je te promets, quand j'aurais un petit peu
de temps … »

« Et moi, je fais comment en attendant que monsieur
soit disposé à aider les vieilles dames dans la mouise,
je fais du tricot devant mon internet ? »

« T'as quoi comme ordinateur ? »

« Comment ça j'ai quoi comme ordinateur ? »

« Je veux dire quelle marque ? »

« Marque de quoi ? »

« Ben …. D'ordinateur ? »

« C'est quoi encore ce truc ? »

« C'est pas un truc, tata, c'est une machine informatique indispensable pour surfer sur internet, sauf si tu as un mobile ou un smart phone ou …. »

« Bon, je vois, il a décidé d'être incompréhensible pour bien me montrer sa supériorité et me prendre pour une andouille de Vire au calva de Gibraltar ! »

« Mais … tata, si tu veux te servir d'internet il faut que tu apprennes un minimum de vocabulaire et que tu aies un 'or di na teur' ! »

« Ça ressemble à quoi ? »

« C'est un peu comme une télé à écran plat avec en plus un clavier pour taper les mots et les phrases qui s'affichent justement à l'écran ! »

« Je ne comprends rien, tu pourrais pas être plus clair ? »

« Attends, je vais te montrer … »

Et j'ouvre ma sacoche pour lui montrer mon portable …

« Tu vois ! ? »

« Mais moi, personne ne m'avait dit ça !!! »

« Et quand tu as commandé internet …. ? »

« Rien, nada, ils m'ont demandé de signer pour me prendre mes sous sur la banque et c'est tout ! »

« Eh bien je suis désolé, mais sans ordinateur, ton internet ne te sert à rien ! »

Elle s'est mise à bouder et à marmonner des borborygmes dans sa moustache …. Et est repartie vers sa loge sans un regard pour ma personne !

Mais au moment où j'allais enfin monter avec l'ascenseur …

« Tu pourrais me prêter le tien ! ? »

Je n'ai pas eu le temps de répondre, la porte s'est refermée sur la question du siècle ! Et ça m'arrangeait bien !

***

Ce matin, je ne sais pas comment je m'y suis pris, chose très rare, je suis passé sans encombre devant la niche de tata …. Elle devait être en train de préparer la soupe ou de donner à manger à son perroquet ….

***

Aurai-je autant de chance ce soir ?

La nuit est tombée et les trottoirs luisent en réfléchissant la lumière des réverbères sous la pluie battante comme dans un tableau de Van Gogh.

Un peu de nostalgie artistique ne nuit pas à l'homme pressé et trempé.

Il y a de la lumière dans le hall d'entrée … j'ai un mauvais pressentiment !

J'avance prudent jusqu'à la porte d'entrée en espérant que la minuterie fera s'éteindre la lumière …. Je jette un regard très discret … et mes espoirs fondent comme sucre sous la pluie !

Elle est là, assise dans son pongo à la porte de sa loge et je sais très bien ce qu'elle …. ou plutôt … celui qu'elle attend !

Que faire ?

Si je vais prendre un verre au 'joyeux fossoyeur', ça ne résoudra pas mon problème, ça ne fera que le repousser dans le temps …. Ah la la ! comme je hais ces questions existentielles et cornéliennes !

Tant pis, je pousse la porte et je lance mon fameux cri de guerre lasse : 'macte animi morituri te salutante !'

« Ah te voilà enfin ! »

« Pardon princesse, mais je travaillais ! »

« Oui, je sais, toutes les excuse sont bonnes ! »

« Et à part ça ? »

« J'ai ! »

« Tu as quoi ? »

« L'or di na teur ! »

« Ah ! bah je suis bien contente, tata, oui, je suis bien
content ! »

« Y veut voir ? »

« Ben … c'est-à-dire que là …. Euh … »

« Quoi ! ? y va pas encore me faire le coup du
courant d'air !!! »

« C'est-à-dire qu'il est tard et que je … »

« Il en a pour deux minutes, y me montre et après y
fait comme y veut ! »

« Tataaaaaaaaaaaa !!!! nous savons très bien qu'il
faudra plus de deux minutes …. Tu pars de loin … et
…. »

« Tu ne veux pas me rendre ce tout petit service, à
moi, ta tante ! ? »

Je la regarde et je dois avoir l'air d'un chien battu ….
Je savais bien qu'elle allait encore m'avoir …. Mais
comment refuser ?????

Je rentre à reculons dans la loge et le perroquet me
salue cordialement d'un

« Salut le pigeon ! »

« Tais-toi face de rat ! »

Le tance tata dont le courroux la rend toute rouge !

« Bon, c'est ça ! »

Et tata me montre un truc incroyable, un engin qui a
dû servir au contre espionnage du ministre Churchill
pendant la seconde guerre mondiale ….

Dessus, il y a marqué 'IBM' l'écran est monstrueux et
tout petit à la fois et le clavier est gros comme une
machine à écrire …. Ça doit dater des années 40 ou
quelque chose comme ça …..

Et je me dis que je suis dans un sacré pétrin !

Ma seule chance serait que ce machin rende l'âme en
direct !

« Tu l'as payé combien, tata ? »

« Deux cents euros ! »

« Nooooonnnnn !? »

« Je l'ai eu à la salle des ventes …. Heureusement que
j'ai enchéri … il y avait un type qui n'arrêtait pas de
vouloir me le piquer … il avait un maillet et chaque
fois que je disais un prix il répétait le prix après
moi ! »

« C'était le commissaire priseur, tata, il n'enchérissait pas, il répétait ton prix ! »

« Oui, ben en tout cas, ils m'ont garanti que c'est un modèle récent ! Bon alors, tu me montres ? »

« Va y'avoir comme un problème ! «

« Ah oui ! ? qu'est-ce tu vas encore m'inventer ??? »

« C'est pas 'compatible' »

« C'est un or di na teur, c'est bien ce que tu m'as dit hier, je m'en souviens très bien, sans ordinateur je ne peux pas sort fait sur internet ! »

« Oui, mais il faut un ordinateur moderne, ce truc là date de Mathusalem, il n'a pas été conçu pour fonctionner de nos jours avec internet ! »

« Dis donc, y serait pas en train de me mener en tortillard mon neveu incompréhensif ? »

« Non, tata, je t'assure, je dis la vérité et puis en plus, deux cents euros pour ce rogaton, franchement, il faut que tu le ramènes et que tu te fasses rembourser, il y a vol sur la marchandise …. Demande à ton ami le commissaire de t'accompagner, je suis certain qu'ils ne feront pas de manière pour te rembourser et moi, je t'en chercherai un qui ne soit pas trop cher et qui soit compatible …. Tu vois, je me décarcasse en quatre pour essayer de te rendre service ! »

« OK, tope là ! »

Ouf ! pense-je en moi-même intérieurement …. Je l'ai échappé belle …. Mais va falloir que je lui trouve un ordinateur …. Ça va pas être de la tarte !

***

Coup de chance, justement, le CE de ma boîte fait une promo pour des ordis pas chers …. Pas performants, mais pas chers et compatibles malgré tout avec internet.

***

« Et avec ça, je vais pouvoir regarder des films ? »

Le perroquet

« On veut des films ! »

« Où tu as entendu ça, tata ? »

« C'est la dame du gynéco au deuxième, elle m'a dit qu'elle regarde des films dans internet. »

« On dit 'sur' internet, tata, et puis c'est payant, c'est en plus de ton abonnement à internet. »

« Ben … ? elle me l'a pas dit ! »

« Tu sais, elle a les moyens, ça ne doit pas l'embêter de payer un peu plus ! »

« Je lui demanderai. »

« Voilà, j'ai rentré tous tes codes et tu vas pouvoir surfer et envoyer des e-mails à qui tu veux. »

92

« Comment on fait ? »

Le perroquet

« Comment on fait ? »

« Voilà, tu cliques ici et ça ouvre le logiciel de courrier électronique. Ici tu entres l'adresse e-mail de la personne à qui tu veux envoyer un message, là, tu tapes ton message et quand tu as fini, tu cliques sur 'envoyer' et hop ! le tour est joué, tu n'as plus qu'à attendre une réponse ! »

Un silence …. Que rompt tata

« Alors ? »

Le perroquet

« Alors ? »

« Alors quoi ? »

« Ben … la réponse ? »

« Mais non, tata, je t'ai expliqué, mais je ne l'ai pas fait en vrai, tu n'as pas encore d'adresses à qui écrire ! »

« Dans ce cas là, ça me sert à quoi ? »

« Bon, d'accord, OK, on va plutôt parler des sites internet … »

Le perroquet a décidé de me rendre les choses plus faciles

« sites internet »

Répète-t-il !

Ignorant la bestiole, tata reste concentrée ….

« Ça va me servir à quoi ? »

« Ça sert à beaucoup de choses, tu peux chercher des
renseignements qui t'intéressent, sur la météo ou les
infos en direct live ou sur les films qui sortent ou les
livres, ou des recettes de cuisine ou …. »

« Mais j'ai déjà tout ça ! Les infos, je les ai à la télé,
les films je m'en fiche, j'aime pas le cinéma, je lis
pas, la cuisine j'ai le livre de recettes de ma grand-
mère Rose-Alberte, et le temps, me suffit de mettre la
tête dehors pour le voir ! »

« Écoute, tata, j'essaie de t'expliquer ce que les gens
en général font sur internet, mais toi, tu vas chercher
par toi-même l'intérêt que tu peux y trouver, donc je
te montre comment on surf et ensuite, ce sera à toi de
jouer … »

« Hum ! ça m'a pas l'air très clair tout ça ! »

« Voilà, ici, dans cette petite fenêtre, tu tape la chaîne
de caractères correspondant à ta recherche. Tu veux
chercher quoi ? »

« Je sais pas, je pourrais pas voir un film, par
exemple ? »

« Oui tata, mais c'est payant ! »

« Et comment ils pourraient le savoir ? ils ne sont pas
là avec nous ! »

Le perroquet

« C'est payant ! »

Là, je fais une pause parce que si elle n'y met pas un
peu du sien, je sens que je vais craquer.

Le perroquet

« On veut des films ! »

« La ferme face de pet ! »

Le rabroue la concierge.

« Grosse vache ! »

Rétorque le psittacidé.

« Bon, imaginons que tu veux savoir … euh … qui
était Georges Washington, par exemple … eh bien tu
tapes 'Georges Washington ' dans cette petite fenêtre
puis tu cliques ici et …. »

« Mais je m'en fous de ce Washington, c'est même
pas un parisien, je parie … moi, je veux voir des
films ! »

Le perroquet

« Des films face de pet ! »

« Ah ! tiens, justement, j'allais oublier, tu peux voir
des tonnes de vidéos sur 'youtube' .... Ça va
t'intéresser, ça ! »

Je lui mets youtube et je la laisse cliquer sur les
vidéos ....

« Ah bah voilà, tu vois, quand tu veux !!! »

Le perroquet

« Quand tu veux face de rat ! »

Épisode 8 – Tata Baluchon experte en art contemporain

« Coucou mon neveu par alliance, comment il va ce matin ? »

C'est par ces mots joyeux que tata m'accueille ce matin quand je passe devant la porte de sa loge.

Et le perroquet se croit obligé d'ajouter

« Il est mignon le giton. »

Alors que j'atteins la porte donnant sur la rue, autrement dit la liberté, la concierge me lance

« Hep ! Y sait pas, mais aujourd'hui je vais aux puces, j'ai décidé ça hier en voyant un reportage à la télé … on peut y faire des découvertes extraordinaires ! »

***

Tata a enfilé sa robe fraîche à étoiles de mer à moins que ce ne soit des fleurs ?

Elle a mis son foulard sur ses cheveux car elle les a exceptionnellement lavés. Son sac en simili peau de lama andain au bras, la voilà qui descend dans le métro direction Saint Ouen.

Elle commence à regretter son escapade, pensez donc, toutes ces boutiques qui ne présentent que des vieilleries poussiéreuses et sans utilité !

Des vases grands comme des bombonnes, des sièges sans fond, des miroirs qui ne mirent rien, des trompettes rouillées, des ivoires en plastique, des tableaux délavés et troués … Ah ! Tiens, celui-là est différent des autres, il lui rappelle les tapisseries que sa grand-mère faisait et qu'elle distribuait dans la famille qui s'empressait de les mettre à la cave. Mais elle, tata, elle les aimait bien ces tapisseries dommage qu'elle était trop jeune pour en être gratifiée.

Et si elle se l'offrait ?

Elle tourne autour, faisant semblant de s'intéresser au kit d'entretien de l'âtre qui n'a plus de balayette ni de pelle et dont le pare feu est tout bouffé par la rouille et le feu … Elle fait ça parce qu'elle l'a vu faire à la télé, le collectionneur donnait toutes ses astuces pour acheter pas cher … faire semblant de ne pas être intéressé, attendre que le vendeur vienne vous demander s'il peut vous aider, demander les prix de tas de trucs dont le machin qui vous intéresse, partir, revenir …. Faire chier le vendeur, discutailler le prix à n'en plus finir jusqu'à ce qu'il craque et baisse le prix …. Elle a tout bien noté ….

« Dites, la p'tite dame, faut pas toucher, et puis vous feriez mieux d'aller voir ailleurs si j'y suis ! »

Tata ne connaît que très peu de mot d'anglais, mais celui-là lui vient instantanément aux lèvres

« Chocking ! »

Elle se surprend elle-même de l'avoir prononcé aussi fort !

« Ouais ben shopping ou pas shopping, je dis moi, qu'elle va finir par me casser quelque chose avec sa robe qui rase mes antiquités ! »

« Si y veut pas vendre il a qu'à pas ouvrir boutique ! »

Lui balance-t-elle vengeresse.

« Si tu veux pas acheter t'as qu'a pas rester là ! »

« C'est combien ? »

Elle montre ….. rien, son doigt oscille entre une cafetière en étain, le pare feu cramé et une cane à pêche en bambou de Djakarta.

« C'est combien quoi ? »

Demande l'antique antiquaire ébouriffé.

« Ça ! »

Et cette fois, elle montre la toile qui représente une biche aux abois entourée d'une meute de chiens de chasse écumant de la gueule et dans le fond, à l'orée du sous-bois, des cavaliers vêtus de vêtements bariolé et armés de piques !

Enfin, c'est ce qu'elle y voit parce qu'en fait il est difficile de discerner quoique ce soit tant le tableau est usé !

« C'est deux cents euros »

« Quoi ! »

Elle s'en étrangle la bignole !

« Deux cents euros pour cette croûte invendable dont on peut même pas savoir qui c'est qui l'a peinte vu qu'elle est pas signée …. »

« Hola ! la petite dame, si elle en veut pas, rien ne l'oblige … mais faut pas qu'est croive que je vais lui donner, je suis pas ambulancier chez Emaüs, moi ! »

« Y veut dire le SAMU ! ? »

« Bon ! Alors, elle le prend oui ou non ? »

« J'lui en propose cinq euros ! »

Du coup, c'est l'antique antiquaire qui échappe de justesse à l'étouffement par suffocation ! Il rattrape son dentier de justesse, le remet bien en place et aboie

« Elle va voir ailleurs, je suis pas la samaritaine ! »

Tata fait semblant de s'éloigner, mais elle ne va pas loin, elle redoute qu'un amateur avisé ne lui pique son Rembrandt pendant qu'elle a le dos tourné.

Au bout d'un moment, elle revient donc sur le lieu de son futur forfait.

L'antiquaire lui tourne délibérément le dos !

Tata s'empare d'un joli vase en mie de pain cuite au four, le tourne en tout sens tout en marmonnant des trucs absolument incompréhensibles …

« bre ougn org polu zopre … »

L'antiquaire a un dixième sens, il se tourne et bondit sur ses pieds

« Touchez pas à ça, ça vaut une fortune, vous pourrez jamais vous payer ça, ça se voit rien qu'à voir comment vous êtes attifée !!! »

« Y sait pas à qui y parle le pucier, je suis candidate à la mairie et …. »

« M'en fous, posez ça immédiatement ou j'appelle la police ! »

La concierge qui n'a rien oublié des conseils télévisuels de la veille sent que son heure est arrivée …. Il est à point se dit-elle

« Le tableau cinq euros ou je laisse tomber ce truc ! »

« Dix euros et c'est mon dernier mot »

Lance le malheureux en désespoir de cause.

***

Elle a même eu droit à un papier journal pour l'envelopper et c'est dans cet écrin qu'elle le ramène 'at home'.

Elle décroche la photo de son père, à côté de la photo de Pétain serrant la main d'Hollande (un truc qu'un enfant malicieux lui a offert) et accroche le tableau illisible.

Elle prend du recul, la tata et c'est à peine si elle n'entend pas les chiens qui aboient, la biche qui pleure et les piqueurs qui hurlent à l'hallali … ça bouge dans le tableau, c'est plein de vie et de mouvements …..

Le propriétaire du 5ème gauche qui vient demander son courrier est pris à témoin.

« Il voit ce que je vois le petit monsieur du 5ème ? »

L'autre reste coi …. Il ne voit que ce qu'il y a à voir, des traits, des couleurs effacés ….

« C'est beau, hein ! »

S'extasie tata.

Le propriétaire qui ne veut surtout pas la contredire opine

« Oui, c'est très beau ! »

« Dix euros, oui, il a bien entendu, dix euros seulement pour cette merveille ! »

« Ah oui, dix euros, ça va, c'est pas trop cher ! »

« Oui ! mais ce qu'il ne sait pas c'est que ça vaut deux cents euros, c'était le prix que le 'tiquaire' en demandait, mais moi, je sais y faire pour négocier ! »

« En effet ! »

Le propriétaire est totalement blousé par la naïveté de la concierge mais se dit que malgré tout, dix euros ça ne la ruinera pas contrairement à l'escroquerie du sieur Ribouldingue (voir tata et la généalogie).

***

« Bonjour mon neveu ! »

« Bonjour tata ! »

« Y sait la dernière ? »

« Non, y sait pas. »

« J'attends le verdict de l'expert.

« Pour le tableau ? »

« Oui, pour le tableau. Y'a le fils de monsieur Patrack, le psy du second qui a eu la gentillesse de prendre mon tableau en photo et de l'envoyer à un expert pour l'expertiser. »

« Son fils Patrick ? »

« Oui »

« Il n'est pas un peu malicieux, ce garçon ? »

« Pourquoi vous dites ça ? »

« Ben …. L'autre jour il a essayé de me vendre des billets pour le concert de Madona à Madrid. »

« Et alors ? »

« Ben …. Madrid, c'est pas la porte à côté ! »

« Peut-être, mais je vois pas où est la malice ? »

« La malice c'est que si j'avais acheté les billets, ça m'aurait coûté les yeux de la tête pour aller à Madrid, sans compter l'hôtel et le resto ! »

La concierge le regarde de travers, visiblement, elle ne comprend pas ce neveu trop radin.

« Ah ! Justement, quand on parle du pompier qu'est-ce qu'on voit arriver …. Le facteur ! Alors, y'a du courrier ? »

Le facteur remet une pile de courrier à la concierge avant de sortir de sa poche une lettre qu'il se passe sous le nez

« Hummmm ça sent bon l'expert cette lettre, voilà des nouvelles à ne pas manquer … »

Elle lui arrache presque la lettre de la main et se la met dans le corsage où elle disparaît.

Le facteur paraît déçu

« Vous ne voulez pas nous la lire ? nous aussi on est curieux de savoir … »

« Il sera tenu au courant en temps et en heure, comme tout le monde ! »

Et elle disparaît dans sa loge. C'est bien la toute première fois que je vois tata abandonner le terrain !

***

Branle bas de combat dans l'immeuble …. Ça court de partout, de haut en bas et inversement, de droite à gauche et vice versa, ça chuchote, ça papote, ça conspire, ça fait des messes basses, des regards bizarres, des mines pas 'tibulaires' mais presque …..

« Vous êtes au courant ? »

Me demande la voisine de palier du 3ème gauche

« Non, au courant de quoi ? »

« C'est un Renoir »

« Le tableau ? »

« Oui, le tableau, c'est un Renoir, il vaut des millions ! »

« Mais c'est dingue ! »

« Comme vous dites …. Mais chut ! Madame Baluchon demande qu'on garde le silence, elle a peur de se faire cambrioler ! »

« Le silence ! ? Quand je vois tout le chambardement que ça fait dans l'immeuble, le secret ne sera pas gardé bien longtemps … »

« Oh la la ! c'est une histoire fantastique …. Je ne sais pas si elle partagera ? »

« Pourquoi partagerait-elle ? »

« Ben pour qu'on garde le silence, tiens ! »

J'en reste sans voix !

Elle me teste

« Y voudrait pas m'inviter à boire un chocolat chez lui ? »

Ouf ! Elle est directe la voisine !

« Désolé madame Couilloux, mais je partais justement faire mes courses au supermarché. »

« Dans ce cas, il pourrait me rapporter des tampons ? »

« Vous voulez dire des éponges ? »

« Appelez ça comme vous voulez. »

Et elle plonge dans l'ascenseur.

***

En revenant de mes commissions, au moment de monter dans l'ascenseur, j'entends dans mon dos

« Psitt, psitt ! »

Tata ne laisse passer que la moitié d'un œil dans l'embrasure de sa porte.

Je m'approche … elle ouvre la porte, m'attrape par le colback et me fait rentrer vivement dans sa loge dont elle referme la porte.

« Y sait pour le tableau ? »

« Ben oui, il sait ! »

« Ah la la ! c'est terrible ! »

« N'est-ce pas plutôt une bonne nouvelle ? »

« Dans un sens …. Oui ! Mais d'un autre sens …. Non ! »

« Et pourquoi ça ? »

« Parce que je suis inquiète qu'on vienne me tuer pour me voler ! »

« Vous pourriez demander la protection de la police. »

« J'ai pas confiance, vous z'avez pas vu les actualités … c'est les pires ! »

« Mais voyons, tata, le commissaire est bon enfant, lui ! »

« Il est en vacances. »

« Et l'inspecteur ? »

« J'ai pas confiance .»

« Dans ce cas là, je ne vois pas … »

Elle me regarde d'un drôle d'air … d'un air bizarre, étrange …. Avant de me déclarer

« Lui, j'ai confiance ! »

Aïe ! Me voilà bien !

« Y pourrait rester avec moi, le temps que je trouve une solution. »

Elle est plutôt plaintive …

« Mais je ne peux pas, j'ai mon travail, si je m'absente sans motif je vais perdre mon boulot ! »

« Y le regrettera pas, je vais lui donner des sous dès que j'aurais vendu mon Renoir ! »

Le tableau n'est plus au mur mais je me souviens très bien de cette croûte innommable …. J'ai comme un doute …. Et le Patrick … je n'ai pas trop confiance en lui …

« Je peux voir la lettre que vous avez reçue de l'expert ? »

Elle va la chercher dans le tiroir fourre tout de son bahut informe.

A la lecture, j'ai de plus en plus de doutes ….

La lettre est à entête de maître Rapin expert en art contemporain.

Ce tableau des nymphéas de Renoir est des plus authentiques, il a été peint vers 1905 et fait partie des tableaux disparus pendant la seconde guerre mondiale. Il est estimé à plusieurs millions d'euros mais il faudrait nous le confier pour en faire une estimation définitive.

Appelez-nous pour prendre rendez-vous.

Je trouve ça bizarre qu'il authentifie un tableau qu'il n'a jamais vu qu'en photo.

« Et vous les avez appelés ? »

« Y veut rire ! J'ai pas envie qu'ils disparaissent avec mon tableau ! »

Le téléphone sonne …   Elle décroche avec précautions … tenant l'écouteur loin de son oreille …

« Hein ! ? …

Quoi ? ! …

Musée quoi ? …

Qu'est-ce que vous m'voulez ?

Non mais ça va pas, non ! ? Vous croyez pas que vous z'allez m'avoir comme ça !!! »

A ce moment précis, on frappe avec force à la porte de la loge et une voix grave et forte annonce :

« Police, ouvrez ! »

Tata pose le téléphone en catastrophe, se met derrière moi et me pousse vers la porte en se faisant un rempart de mon corps ….

3nous ne sommes pas là ! partez ! »

Crie-t-elle à l'adresse de la maréchaussée !

La porte s'ouvre et l'inspecteur fait son entrée suivi du flic défroqué des soirées mondaines du local à linge. (Tata organise des soirées libertines).

L'inspecteur semble peu sûr de lui, il a un papier à la main et le lit

« Sur réquisition du parquet de Paris, madame Baluchon est enjointe de restituer le tableau de Renoir qu'elle a en sa possession et qui a été dérobé au musée de Barbichon en 1944. Ce tableau appartient à l'Etat et madame Baluchon doit le rendre immédiatement. »

Elle regarde l'inspecteur en se penchant

« Et si je veux pas ? »

« Ne m'obligez pas à utiliser la force, je me verrais dans l'obligation de fouiller votre appartement jusqu'à ce que je retrouve le tableau. »

« Et si il est pas là ? »

« Alors on va tout chambouler pour rien, mais faudra quand même nous dire où il est, la loi, c'est la loi ! »

Tata s'en va dans ses toilettes à petits comptés.

Elle en revient avec le tableau qu'elle tend à regret à l'inspecteur qui s'en saisit et l'observe d'un air un peu désabusé …

« C'est ça qui vaut des millions ! ? Ben moi, j'en voudrais pas pour cinq euros ! »

« Je l'ai payé dix ! »

***

« Neveu ! neveu ! »

M'interpelle tata.

« Y sait la nouvelle ? »

« Ben non, que se passe-t-til encore ? »

« C'était un faux ! »

« Le tableau ? »

« Oui, le tableau, c'était pas un Renoir, c'était juste une croûte sans valeur mais le fils Patrack avait envoyé une autre photo prise sur internet et l'expert n'y a vu que pouic ! »

« C'était un vrai expert ? »

« Ben oui, qu'est-ce qui croit ! ? j'ai aussi le droit à la considération ! »

« Je n'en doute pas, tata, mais c'est que sa lettre m'avait parue tellement bizarre !!! »

« Oui, ben en tout cas, le musée m'a rendu mon tableau. »

« Et vous l'avez accroché ? »

« Ben sûrement pas, c'est rien, un machin sans valeur ! »

« Peut-être qu'à vos yeux il n'est pas si mal que ça ! »

« C'est pas faux …. Je vais le raccrocher ! »

Épisode 10 – Tata Baluchon explique l'économie de marché

L'autre jour, en rentrant de la banque, j'aperçois tata Baluchon qui se cachait maladroitement (vu sa taille de guêpe asiatique) derrière l'embrasure de la porte de l'immeuble.

En fait, son bide barrait la moitié de l'entrée.

Son attitude avait tout de la mante religieuse en chasse.

A tous les coups, me dis-je, elle cherche une victime à qui elle pourra raconter en détail sa dernière grande aventure !

J'ai donc fait demi-tour en me tapant sur le front comme quelqu'un qui a oublié quelque chose dans le métro !

Tourné le coin de la rue, je suis entré au bar-tabac-brasserie-pmu-loto-épicerie-journaux-dernier-salon-où-l'on-cause et m'asseyant à une table de la terrasse, je développais mon canard enchaîné (ou tout autre) pour ne pas perdre complètement mon temps.

« Il prend quoi le petit monsieur du 3ème ? »

Je n'osais y croire et refusais de baisser mon journal pour affronter l'horrible vérité …. Elle ne m'avait tout de même pas poursuivi jusqu'ici ! ?

« Alors, il prend quoi ? »

J'ai ressenti comme un grand déchirement, quelque chose comme une longue plainte intérieure, une scie à traversé mon cerveau … et j'ai bien été obligé de baisser ma garde, c'est à dire son journal.

Elle était là, assise face à moi à ma table à laquelle je ne l'avais pas invitée, avec sa tignasse hirsute, sa barbe de 3 jours, ses chicots perceptibles derrière sa lippe qui cherchait à esquisser un sourire qui ressemblait plutôt à une vilaine grimace.

« Un diabolo » ai-je fini par répondre avec la voix de l'homme résigné à mourir en héros et qui balbutie un triste « morituri te salutant » !

« Je vais prendre un thé, c'est diurétique et ça aide à combattre le cancer ! »

« Vous avez un cancer ? » et ma voix véhiculait comme un grand espoir !

« Mais non, c'est une expression toute faite ! » et sans reprendre son souffle elle me jeta :

« Ah au fait, il a vu cette crise mondiale française qui nous frappe, tout le monde en parle, à la radio, à la télé et même dans les magasines pipoles ! »

« Je … »

« Il imagine pas le nombre de sornettes qu'on peut entendre sur les économies de marché ! »

« Faut dire que … »

« Tiens, pas plus tard que tout à l'heure, à la télé, y'avait un économiste qui disait que les marchés vendent à perte plutôt que de mettre la clef sous le paillasson et que les bourses font du yoyo à cause des chinois qui viennent acheter nos vignobles pour inonder le marché asiatique ! »

« ….. »

Mon silence impressionné lui a tiré un gigantesque sourire ce qui me valut de prendre son haleine de chacal en pleine tête me faisant vaciller sur ma chaise et perdre conscience pendant au moins deux secondes !

« Oui, c'est comme je vous le dis, il a dit ça ! »

Et elle resta encore la bouche ouverte à déguster le plaisir qu'elle goûtait à ce qu'elle croyait être mon désarroi quand en fait je me demandais si j'arriverai jamais à me remettre de cette inhalation létale (mortelle) !

« Il y croit, lui, que le marchand d'légumes y va vendre à perte pour pas mettre sa clef sous un paillasson ! ? Faut pas nous prendre pour des idiots, le vendeur de légumes, si il perd un peu sur l'artichaut qui se vend mal, eh bien il double le prix des salades et des radis qui se vendent comme des petits pains et hop, l'affaire est dans l'panier d'la ménagère ! »

Elle but une gorgée de thé pour se ragaillardir et se lança de nouveau sur l'étal des marchés …

« Et pis cette histoire de bourses …. Franchement, qu'est-ce qui m'a foutu un économiste pareil ! Des bourses qui feraient du yoyo … y voit l'tableau ! ? C'est pas un économiste, c'est un pornographiste, un vicieux qui prend mes bigoudis pour des lampions ! »

Elle se reprit une bonne gorgée de thé pendant que je désespérais …

« C'est comme cette histoire de chinois qui inonde les asiatiques de pinard, il sort d'où ce chinois ? …. Et qu'est-ce que ça a à voir avec les bourses qui font du yoyo ? Je vous le dis, moi, on nous prend vraiment pour des imbéciles ! »

Elle finit d'avaler son thé et se lança dans une de ces conclusions dont elle a le secret :

« Je vais lui dire, moi, comment qui peut faire des économies au marché au petit monsieur du 3ème … pour commencer, il ne faut pas avoir les yeux plus grands que le frigidaire et n'acheter que des petites quantités à la fois, juste ce qu'il faut pour tenir jusqu'au prochain marché et en cas de manque, c'est pas les marchés qui manquent dans le coin !

Tiens, pour faire une bonne soupe aux pois cassés, on n'est pas obligé d'y mettre des navets …. Hop économie de navets ! Si on veut bien se passer de poireau …. Allez zoup, économie de poireau ! et ainsi de suite ….. bon, on peut pas éviter le lard et les carottes mais on peut tout à fait se passer de persil, une économie de persil ajoutée à une économie d'oignons, d'ail, de navet, de poireau et de tomates ….. voilà une véritable économie de marché ! »

Je me décernais intérieurement la médaille du meilleur propriétaire de Paris en m'imaginant qu'elle en avait enfin fini …

« Bon ! c'est vrai qu'une soupe sans pois cassés au lard avec que des carottes …. Faut pas inviter le ministre de l'économie, il pourrait faire un fractus du cœur …. Mais faut savoir …. On veut faire des économies oui ou crotte ! ???? »

Épisode 11 – Tata Baluchon se lance dans la généalogie

Brrrrr il fait frisquet ce soir … j'ai hâte d'être chez moi avec une soupe bien chaude et des petits croûtons au lard et à l'ail.

 Ce crachin est gelé et traverse mes vêtements jusqu'aux os !

J'entre dans l'immeuble …. OHHHHH NONNNNNN !! pas ce soir !

Mais oui !

Elle est là, devant sa porte et je n'arrive pas à comprendre comment elle a pu savoir que j'arrivais ?

Elle n'a tout de même pas attendu toute la soirée, je ne rentre jamais à la même heure !

« Comment y va mon p'tit monsieur du 3ème ? »

« Bonsoir madame Baluchon, il va très mal, il est trempé et gelé et il n'aspire qu'à se sécher et se mettre dans des vêtements chauds et secs ! »

Ignorant totalement mes desiderata, elle me lance :

« Dites ! y sait la dernière ? »

« Pas ce soir madame Baluchon, vous me raconterez ça demain … »

Elle s'est mise en travers de mon chemin, elle et ses cent dix ou cent vingt kilos.

« J'ai répondu à une annonce sur internet et je fais de la géolo …. géléo …. Bref, je recherche mes ancêtres ! Ca vous épate, hein ! ? »

« Non madame Baluchon, je voudrais que vous me racontiez ça une autre fois … »

« Il est pas poli, ce soir le p'tit monsieur du 3ème, y m'envoie me balader, c'est ça ? »

Elle a pris son air des mauvais jours avec sa trogne renfrognée et sa voix menaçante …

« Mais il va être bien surpris quand je vais lui annoncer de qui je descends … »

Elle attend voir l'effet que ça me fait …. Mais je le sais bien de quoi elle descend cette satanée guenuche !

« Je descends soit d'un grand peintre de la Renaissance italienne soit directement des Borgia … »

Elle pourrait bien descendre de n'importe quel cocotier, ça ne me ferait pas plus d'effet que ça !

« En fait, un doute subsiste encore …. Ce qui est certain c'est qu'on a retrouvé un de mes ancêtres dans les archives du Vatican à Rome. »

Je commence à greloter, ça c'est vraiment très mauvais signe !

« Il va falloir que je m'y rende pour vérifier et je me ferai accompagner de mon coach en génalo … génola …. Enfin, bref, de mon coach ! »

« Bon, ben alors vous me tiendrez au courant … moi, faut que je me réchauffe, je commence à greloter, vous voyez ! »

« Ca ne vous fait pas rêver, vous une histoire comme la mienne ? Moi, la concierge d'un immeuble en plein Paris je suis en fait la descendante des Borgia ou d'un grand peintre comme Botticelli ou Rembrandt … »

« Il était pas Belge, Rembrandt ? »

« C'est une aventure extraordinaire et je vais aller me rendre à Rome pour consulter les archives du Vatican et trouver mes ancêtres … je vais sûrement devenir très riche, c'est mon coach qui me l'a dit ! »

« Dites, vous ne craignez pas que ce soit comme un genre d'arnaque votre histoire ? »

« Dites donc, il a qu'à me traiter de cruche pendant qu'il y est … et pourquoi pas de débile ou de tarée ! »

Ouille je l'ai mise en colère !!! J'en oublierai presque le froid qui refuse de passer …

« J'ai pas dit ça … mais …. »

« Y s'rend compte ce petit monsieur à qui il parle ? Une descendante des plus riches familles italiennes, une héritière cachée, une future comtesse ou duchesse …. Cet immeuble, je le rachèterai et je deviendrai votre propriétaire et j'aurai un chauffeur et j'engagerai une concierge et il faudra qu'elle fasse bien son boulot, parce que moi je m'y connais en conciergerie … »

Elle me toise de sous mon menton et elle fait l'imposante …. Pour être imposante, ça on peut dire qu'elle l'est !

« Et vous partez quand ? »

Ouf, ça la calme grave !

« Je sais pas, j'attends que mon coach m'envoie mon billet. »

« Vous partez en train ? »

« Mais non, bien sûr que je pars en avion, je suis trop impatiente de découvrir mes origines ! »

« Vous n'avez pas connu vos parents ? »

« Ben si … mon père était coiffeur à Belleville (Serge Reggiani) et ma mère concierge rue Saint Denis, mais ça veut rien dire, si ça s'trouve ils se cachaient pour pas qu'on les reconnaisse ! »

« Et vos grands parents ? »

« Mon grand père est mort dans les tranchées et ma grand-mère s'en n'est pas remise ! »

« Madame Baluchon, vous êtes certaine que vous allez pouvoir consulter les archives du Vatican ? »

« Alors ça lui reprend, il me traite de 'dinde' ! ?

Mais je vais vous le montrer, moi, le contrat … »

Elle entre dans sa loge comme une furie et en ressort toute furieuse.

« Et ça, c'est du boudin de Saint Romain, peut-être ! ?

Tout est là !

Les recherches sur mes ancêtres, le vol pour Rome, les frais du coach …»

Elle me tend le papier …. Comment refuser ?

Et je lis :

Entre madame Baluchon, concierge de son état et monsieur Ribouldingue, coach en généalogie est établi le contrat suivant par lequel madame Baluchon s'engage à payer les frais de monsieur Ribouldingue pour les recherches déjà effectuées et à faire l'avance des frais de voyage jusqu'à Rome en avion pour aller consulter les archives du Vatican.

En conséquence, madame Baluchon signe en bas à droite avec la mention lu et approuvé et remet en main propre à monsieur Ribouldingue la somme de cinq mille euros en liquide. »

Je ne sais trop quoi dire ? … elle va sentir ma gêne …. Vite, prendre l'initiative … Je ne peux tout de même pas lui dire le fond de ma pensée ... on va y passer la nuit ...

« Bon, ben je vois que c'est une affaire rondement menée ! Je vous félicite madame Baluchon et j'espère que tout ira bien ! »

Je lui rends son papier et, miracle, elle me laisse partir très satisfaite de sa prestation !

Je suis bien, au chaud, un petit whisky à portée de main et la zapette dans l'autre … je m'endors dans le canapé !

Ouille j'ai attrapé un torticolis à dormir en chien de fusil dans ce canapé trop petit !

C'est samedi, j'aurais pu faire la grasse matinée …. Bon, c'est pas grave, je passe un survêt et je vais aller m'acheter des croissants bien chauds !

C'est en revenant avec mes croissants que je trouve madame Baluchon en grande conversation avec le propriétaire du 5ème gauche, un type bizarre qui ne semble pas travailler et qui est pourtant bien habillé et même pomponner … Après tout, chacun vit sa vie comme il l'entend !

Toujours est-il qu'elle est en train de lui passer un savon et qu'il a l'air penaud avec son menton sur sa poitrine et ses yeux fixés sur la pointe de ses godasses en 'crocro' !

« Ah ! monsieur du 3ème, vous tombez bien, vous allez me servir de témoin contre le monsieur du 5ème qui se moque de moi et de mes origines … »

« Mais pas dut tout … j'émettais simplement un doute sur ….»

« Un doute sur mes ancêtres, c'est ça ! ? Parce que évidemment, une concierge qui descend d'un grand peintre italien de la Renaissance comme Dali ou Rubens, ça vous embête bien grave, ça vous rabaisse, ça vous … »

« Quel doute ? »

Me contente-je de demander.

« Ben ce contrat, j'ai l'impression que madame Baluchon a pu se faire avoir … il n'y a aucune adresse et le paiement en liquide … »

« Et alors ! ? »

Elle gronde, elle tonne, elle pète la concierge …

« Ca aussi ça vous dérange que j'ai un petit pécule de côté, toute ma vie que j'ai économisé centime après centime pour ces 5000 euros, je les ai pas volés, faut me croire ! »

Un silence.

« Il doit vous contacter quand ce monsieur Ribouldingue ? »

« Ben …. Dès qu'il a les billets … pourquoi ? »

« Et vous lui avez donné quand les 5000 euros ? »

« Il y a trois jours, pourquoi ? »

Et sa tête se décompose …. se déconfit ….. s'affaisse, se teinte d'un rouge si écarlate que l'entrée de l'immeuble s'enflamme de cette couleur …. Elle éclate dans un hurlement qui retentit jusqu'au gargouilles de Notre Dame !

« Putain ! si jamais ce trouducul m'a fait ça je le bute de mes propres mains, je le déchire, je l'écrabouille, j'en fais de la purée …. »

« Calmez-vous madame Baluchon … »

Plus facile à dire qu'à faire, elle continue de vociférer ….

« Je le prends par les couilles et je lui fais bouffer, je lui fourre mon balai dans l'cul à ce bandit à ce salaud à ce … »

« Madame Baluchon, vous feriez mieux de réfléchir à comment le retrouver, il faut prévenir le commissaire, il vous a à la bonne et il va tout faire pour retrouver votre argent en remontant jusqu'à votre escroc par internet ….. »

Le temps continue de fraîchir et le thermomètre est en berne. Les trottoirs luisants de la capitale n'incitent guère à musarder, tout le monde se dépêche de rentrer chez soi, bien au chaud ….

Je l'aperçois en entrant dans l'immeuble, elle est dans sa loge, la porte ouverte pour épier les entrées et les sorties (first in last out) et en m'apercevant elle me fait un large sourire …. Pas très blanc le sourire ….

Mais un sourire, c'est toujours mieux qu'une grimace
…. Oui, bon, je me comprends !

« A y'est ! »

« A y'est quoi, madame Baluchon ? »

« On l'a retrouvé ! »

« Votre escroc ? »

« Voui ! »

« Et vos sous ? »

« J'ai perdu 1000 euros mais j'ai récupéré le reste,
c'est mieux que rien ! »

« Ben dites donc ! Vous devez être contente ! ? »

« Oh voui !!! Et puis vous savez quoi ? »

« Non »

« Je vais investir … »

« Ah oui ? dans quoi ? »

« Dans le miel. Sur internet, ils disent qu'une ruche
qui coûte 4000 euros peut en rapporter plus de 1000
par mois, je vais vite me renflouer ! »

Épisode 12 – Tata Baluchon au salon de beauté

Le propriétaire rentre du boulot, il sort du métro et tombe nez à nez avec tata Baluchon qui lui saute dessus, les larmes aux yeux !

« Ah mon petit neveu, si il savait ! »

« Qu'y a-t-il tata ? »

« Je reviens du salon de beauté. »

« Et c'est une raison pour vous mettre dans tous vos états ? »

Elle danse plus ou moins sur place une danse des plus bizarres, se balançant d'un pied sur l'autre, d'avant en arrière et en levant une jambe après l'autre …

« C'est que ….. je ne peux pas tout vous dire, mais ….. disons que … »

On voit tata Baluchon qui sort de sa loge, elle s'est faite belle avec sa superbe robe à légumes (patates, poireaux, carottes, navets et petits oignons …) à son bras son sac en simili peau de lama andain, et ses petites chaussures rouges vif.

On la suit dans la rue, elle marche vaillamment vers son destin …

Enfin elle arrive devant un salon de beauté au doux nom de « Chez Lucette », et dont la vitrine est illustrée d'un grand « épilations pour tous et partout ».

Elle pousse la porte une sonnette tinte.

Elle referme la porte derrière elle et se met en arrêt comme un chien de chasse qui a senti une bécasse.

De derrière le rideau qui cache l'arrière salle du salon, un cri aigü de douleur déchire l'espace et fait un trou dans la robe à tata !

« Ouuuuuuuuiiiiiilllllllleeeeeeeeee aïeeeeeee ! »

La voilà soudain beaucoup moins sûre d'elle. Elle regarde tout autour en se demandant si elle a bien fait de venir ?

Une esthéticienne ayant raté sa vocation vu qu'elle ressemble trait pour trait à un chauffeur de poids lourd très lourd sort de derrière le rideau, un papier collant sur lequel une touffe de poils est collée dans la main gauche, elle s'avance vers tata, un sourire cruel aux commissures des lèvres.

Imprudemment, tata laisse la brute lui prendre la main et le regrette instantanément, se courbant sous la douleur de l'écrasante paluche de l'esthéticienne bourrue et baraquée.

« Ah madame Baluchon, je vous attendais, j'ai presque fini avec madame Couilloux, vous allez vous asseoir ici et attendre deux petites minutes, tenez, vous avez tout plein de littérature sur cette petite table. »

La petite table est encombrée de revues pipoles.

Comme tata reste debout hésitante, l'esthéticienne peu amène la gronde de sa grosse voix de mâle subtilement efféminé :

« Alors, elle va s'asseoir ! »

Effrayée, tata se jette sur la chaise et baisse la tête en signe de soumission.

L'esthéticienne à peine disparue derrière le rideau, on entend des cris étouffés … elle a dû mettre sa main sur la bouche de madame Couilloux pour atténuer ses cris.

Tata prend une revue au hasard et la lit à l'envers.

La clochette numérique de la porte lui fait lever la tête. Un jeune homme timide et tout rouge vient d'entrer. Il se tient là, devant la porte, l'air d'un chien battu.

L'esthéticienne ne met pas longtemps à réapparaître. De loin, elle explique à tata :

« Ah ! ça c'est un étudiant qui vient se faire un petit billet en me servant de cobaye pour un nouveau concept d'épilation indolore …. Dites, vous accepteriez de le laisser passer avant vous, et comme ça je vous appliquerai le nouveau concept si c'est positif ? »

Tata semble soulagée de reporter à plus tard le supplice, surtout si ça doit se solder par une moindre douleur !

« Mais oui, bien sûr ! »

« Bon ! installe-toi là, je finis ma cliente et je m'occupe de toi ! »

Le petit jeune homme s'assied en face de tata.

Tata le dévisage, ce qui le rend mal à l'aise (déjà qu'il ne lui en faut pas beaucoup). On sent que la concierge cherche dans sa mémoire où elle a bien pu rencontrer ce garçon. Elle tâtonne ....

« Je le connais ? »

Il bredouille

« Non, je ne crois pas. »

« Il est du quartier ? »

« Non, je réside dans le 16ème. »

« Alors il vient par ici seulement pour se faire épiler ? »

« Je viens pour les tests rémunérés. »

« Alors ça, c'est fantastique ! Moi je paie une fortune pour me faire épiler et lui y se fait payer ! Y'a pas d'raison, moi aussi je vais me faire payer ! »

« Ce n'est pas possible, c'est réservé aux étudiants, ce sont les laboratoires qui paient Lucette. »

La concierge est estomaquée !

« Lucette ! Y l'appelle 'Lucette' ! »

« Ben .... C'est son nom ! »

« Ben voyons, y va me faire croire qu'y a rien entr'eux .... Y'm'prend pour une cruche ! »

« Mais non, je vous assure, ça fait deux ans que je viens tous les mois pour tester les produits. »

 « Ça met un mois pour repousser ? »

« Non, plus, mais je ne me fais pas tout épiler, on en garde pour le mois d'après … »

De plus en plus estomaquée ..

« Mais qu'est-ce que c'est que cette combine ? vous arnaquez les laboratoires ? »

Le jeune homme comprend qu'il a à faire à forte partie dans le genre 'intellectuel' … il commence à regretter d'avoir répondu aux questions …

« Écoutez, il n'y a rien de louche dans tout ça, je vous assure, c'est une pratique courante, réservée aux étudiants en pharmacie pour les aider financièrement dans leurs études. »

Tata semble soudain plongée dans une profonde perplexité !

Un silence s'établit ….

Quand ….. un cri inhumain déchire l'espace (bis) et fait un second trou dans la jolie robe de tata.

« Hiiiiiiiiiiiiiaaaaaaaaaaaaaaaaaaaaaïïïïïeeeeeeeee !!!!! »

L'esthéticienne sort de derrière le rideau en se tenant la main ensanglantée ….

« Elle m'a mordu, la vache, elle m'a mordue la morue !!!! »

Madame Couilloux sort à son tour de derrière le rideau, à moitié déshabillée et se rhabillant elle a l'air tout à fait contrite …

« Pardon madame Lucette, je ne voulais pas, c'est seulement que ça m'a tellement fait mal, vous comprenez, au moins, dites, vous m'en voulez pas ??? »

L'esthéticienne s'affaire derrière son comptoir, elle a sorti la trousse de secours …. Elle marmonne

« Hieuuuuugneuuugneuuugnaaagnaaa j'espère qu'elle a pas le sida !»

Madame Couilloux, se tient la main entre les cuisses ..

« Mais non, mais non, pas du tout … Faut pas m'en vouloir, j'ai cru qu'on m'arrachait le vagin, vous comprenez, tellement ça m'a fait mal ….. »

Elle se tait soudain en voyant le petit jeune homme rouge comme une tomate qui se tortille très très mal à l'aise sur sa chaise …. Puis, apercevant tata …

« Ah Bonjour madame Baluchon, vous allez bien ? »

« Mieux que vous je crois ! »

Elle est complètement déboussolée la tata … entre les tests et le sida ….   Elle est dépassée par les évènements !!

Madame Couilloux, sentant son désarroi, tente de la rassurer ...

« Oh faut pas vous en faire, ça fait un peu mal sur le moment, mais après ça finit par passer .... Disons ..... dans la semaine .... Et pis faut savoir si on veut être désirable ou non ! »

Tata est outrée !

« Mais je ne veux ABSOLUMENT pas être désirable, je suis vierge et j'ai horreur de ces petits mâles et de leur libido incontrôlable ... »

Elle aussi voit le jeune homme qui se tient la tête entre les mains ...

Ça la calme

« Oui bon, enfin, heureusement, ils ne sont pas tous comme ça ! »

L'esthéticienne douillette a fini de se bander (avec un bandage, voyons) elle annonce l'autre douloureuse à madame Couilloux

« Ca lui fait cent cinquante euros et je lui compte pas le sparadrap et l'alcool ! »

La cliente paie et s'en repart, les cuisses arquées ....

« Allez, viens Jérôme, on va tester le nouveau produit avant que je m'occupe de madame Baluchon. Y'en n'a pas pour longtemps ... »

À peine ont-ils disparus derrière le rideau qu'on entend un cri venu de l'au-delà, une plainte inhumaine infinie et atroce

« HHIIIIIIIIIIAAAAAAAAAAAAAAAAAAAAAO OOOOOOOUUUUUUUUUUUUUUUU »

Tata se lève et se sauve sur la pointe des pieds …

Quelques secondes après la sonnette, l'esthéticienne sort de derrière le rideau, mais la concierge s'est fait la malle !

« J'vous jure, les clientes, de nos jours, c'est vraiment des poules mouillées ! Mais faudra bien qu'elle revienne quand elle ressemblera au yéti !»

Elle retourne à son ouvrage et des cris horribles déchirent le silence (faut bien changer de temps en temps ☺)

Épisode 27 – reçoit le prix poubelles
Ou
Tata Baluchon reçoit la légion d'horreur ...
quelle horreur !

Comme d'hab je suis en retard.

Pas le temps de prendre un café, je me rattraperai au

bureau …

Évidemment, l'ascenseur ne répond pas …. Vite, je

saute dans les marches comme un para s'éjecte de

l'avion d'un bond … j'avale les marches quatre à

quatre …. Et plus si affinités !

Merde !

Elle est dans l'entrée, son balai à la main elle guette sa
proie comme une araignée affamée, le prochain
locataire qui va lui tomber entre ses pattes velues.
Dès qu'elle m'aperçoit elle gueule de loin :
« Ah ! le p'tit monsieur du troisième gauche, c'est pas
vous que j'attendais … mais à défaut ! »
Je tente le tout pour le tout …
« Désolé madame Baluchon, mais je suis très en
retard … je ne vais pas… »
Elle :
« Tut tut, ça ne sera pas long, juste votre avis sur un
petit problème pilo saphique »
Je fais celui qui n'a pas entendu, mais elle m'alpague
par la manche et de sa main de velours en fer elle me
bloque contre le mur en me postillonnant sur la
bouche :
« Il en pense quoi, lui, du refus de monsieur
Piccadilly de son prix poubelle ? »
Je suis tout baveux, limite dégoulinant … j'ai envie
de gerber, ça pue le chou, la vinasse et je ne sais quoi

qui me rappelle un peu la pisse de chat ! Je me torche
d'un revers de l'autre manche.

« Madame Baluchon, promis juré, j'en discuterai
volontiers ce soir avec vous … mais là, je n'ai
vraiment pas le temps ! »

Mais elle ne lâche pas sa prise et, derechef, m'inonde
de ses horribles postillons.

« C'est sérieux mon petit monsieur, est-ce que vous
refuseriez un prix comme ça, vous ? »

« Non, madame Baluchon, jamais je ne refuserais
pareil honneur … je peux y'aller maintenant ? »

« Vous vous rendez compte ? Invité chez Trucker au
palais de Les lysées, avec des brassades et des petits
fours … faut vraiment pas être normal pour refuser
ça ! »

Souvent le silence est d'or et finit, parfois par
décourager la bignole … mais là !

« D'après vous, qu'est-ce qui a bien pu lui passer par
la tête ? »

Ne pas répondre, garder un silence distant, un
mutisme prudent …

« Moi, je crois que c'est la folie qui l'a pris par
surprise sans crier gare … St Lazard » (et elle se

marre de son bon mot en me faisant un sourire noir
comme ses chicots).

Je détourne la tête pour essayer d'éviter ses crachats
… c'est ma nuque qui prend tout !

« Quoi, il ne me croit pas ? et ça … c'est du ragoût
d'mouton ? » Elle me tend un journal que je n'ose
refuser … parce que les représailles … et, oubliant
malencontreusement mes bonnes résolutions, je lis à
voix haute :

« Thomas Picketti refuse la légion d'honneur. »

Elle, triomphante :

« Alors ! ? J'avais pas raison ? »

Que vais-je bien pouvoir dire au bureau pour
expliquer mon retard ?

« Bon ! c'est pas le prix poubelle, mais c'est quand
même une belle … euh … »

« Ce n'est que la légion d'honneur, madame
Baluchon, juste une médaille sans valeur et sans
récompense pécuniaire. »

« Pécul ou pas pécul, moi je dis que quand qu'on vous
donne quelque chose, on n'a pas le droit de refuser ! »

« Mais il s'explique, il dit que ce n'est pas au
gouvernement de décider de qui a du mérite et de qui
n'en n'a pas ! »

« Ça ne veut rien dire, ça, si quelqu'un vous offre …
un bouquet de fleurs, par exemple, ben on va pas lui
jeter à la figure, c'est du manque de respect ! »

« C'est justement ce que Picketti voulait exprimer, du
mépris et de l'irrespect pour une décoration galvaudée
qui est attribuée à n'importe qui pour n'importe quoi
… »

« Holà, le p'tit monsieur, c'est pas en m'inondant de
vos mots savants que vous allez m'impressionner ! »
En parlant d'inondation …. Si elle pouvait fermer la
bouche en parlant ….

« Moi, si le syndic me donne le prix poubelles, hop !
Je le prends et je l'affiche sur la porte de ma loge pour
que tout le monde voie bien que je suis fière de mon
travail ! »

« Ce qu'on va faire, madame Baluchon, c'est qu'on
va y réfléchir, chacun de son côté et ce soir on en
reparle … »

« Pourquoi remettre à noël ce qu'on peut faire le jour
de l'an ? »
Le temps que je réfléchisse à cette litote … elle
reprend …

« Justement, au jour de l'an, moi, on me donne des
étrennes … Je voudrais bien voir que je les refuse !»

OUUUUUHHHH !!! On est parti loin, là … J'essaie
de revenir à l'essentiel …

« Je suis attendu et en retard pour mon bureau. »

« Vous voulez que je vous fasse un mot ? »

« Je préférerais que vous me laissiez passer. »

« Mais je ne vous retiens pas ! »

Et elle me tient plus serré que jamais contre le mur
pour bien me montrer que c'est elle le chef !

« Alors à ce soir … »

« Mais vous, vous l'accepteriez, vous, le prix
poubelle ? »

Et elle me tient bien serré, si serré que je commence à
manquer sérieusement d'air !

« La vérité, c'est que vous manquez d'air ! Vous
refusez de voir que le prix poubelles est une
solution ! »

« Chére madame Baluchon, vous avez tout à fait
raison …. Et … oui …. Je manque d'air … »

Je dois être plus que rubicond … elle finit par relâcher
sa pression … mais pas trop ….

« Quand vous dites que j'ai raison …. Vous pensez
que j'ai raison … sur quoi ? »

« Sur tout, madame Baluchon, sur tout ! »

« Le tout c'est le rien selon Einstein ! »

Tata Baluchon citant Einstein sans se tromper sur son nom … je défaille, elle doit avoir un coach en philo un Aufrais ou un Bernard Harry l'écrevisse … Fière de son petit effet qu'elle détecte à me voir ainsi stupéfait et défait, elle pousse le bouchon un peu plus loin …

« Et pourquoi j'aurais pas le droit au prix poubelle ? Je suis pas assez bien pour ça, peut-être, je ne mérite pas qu'on s'intéresse à moi, je ne travaille pas assez comme ça, je suis une pôv … »

« Madame Baluchon, avec tout le respect que je vous dois, je crois que vous confondez le prix Nobel avec le prix poubelle ! »

ERREUR FATALE ! Elle se colle à moi comme une ventouse et je peux sentir ses deux gros nichons me rentrer dans les poumons et me couper le souffle ! Avec une vigueur inouïe, elle m'aplatit comme une crêpe bretonne et son ventre contre mon ventre, ses cuisses lipophiles contre mes cuisses de mouche, sa bouche tout contre ma bouche elle hurle :

« QUOI ? »

Je défaille, je me sens vide, inconscient, pris d'ictus et de désespoir … ma fin est proche … elle vient de m'envoyer un jet de chique dans le gosier et au lieu de me revigorer, cette mixture infâme me liquéfie …

Voyant que je suis devenu plus mou que sa serpillière,
elle recule et me maintient d'une ferme poigne par le
colbac pour m'éviter de me répandre à terre.

« Vous pouvez toujours m'insulter mon petit
monsieur, je sais ce que je dis et je lis la presse
déchaînée pour me tenir bien informée des nouvelles
du jour le jour et j'en sais probablement plus que tous
les habitants de l'immeuble réunis y compris vous ! »

Elle me lâche et je glisse nonchalamment le long du
mur avant de me retrouver le cul par terre.

Elle s'éloigne, digne, droite, emportant son balai, son
seau, sa serpillière vers d'autres lointains horizons, là
où l'attendent son esprit et sa culture (peuvent
toujours attendre !).

Après tout elle n'a pas tout à fait tort, si Piketti n'avait
pas refusé sa médaille, tout cela ne me serait pas
arrivé !

Épisode 31 : Tata Baluchon à Saint Tropez

L'ascenseur arrive …. Une voix connue dans mon dos :

« Hep ! le petit monsieur du 3ème, faut que je lui dise … »

Elle est comme ça, tata Baluchon, elle ne connaît ni le voussoiement, ou alors que très exceptionnellement, ni le tutoiement. Elle s'adresse toujours aux autres à la troisième personne.

Je me retourne, elle m'alpague par la manche pour être certaine que je ne vais pas m'enfuir dans le lift !

« Y va plus me voir … »

Sûre de son petit effet, elle fait 'teaser' le suspens …. Évidemment, mon air surpris, interrogatif et quelque peu dubitatif la ravit et elle reprend avant que j'aie le temps de me réjouir …

« Pendant deux semaines ! »

Ouais, je me disais aussi ….

« Je pars en vacances.
Il le sait peut-être pas mais ça fait quinze ans que je n'ai pas pris de vacances, il était temps que je décompresse ! »
C'est surtout à moi que ça va faire des vacances !

« Et tu pars quelque part ? »

« J'ai réservé sur internet, je pars en covoiturage pour Morzine où j'ai de la famille, une tante éloignée, tatie Danièle, qui est concierge dans un immeuble coquet et bourgeois. »

Je ne puis m'empêcher d'avoir une pensée émue pour les pauvres covoiturés qui vont se retrouver avec cette montagne de chair et de crasse pour compagne de route ! Heureusement elle compense par un cœur grand comme ça !

***

A l'avant, un jeune homme d'une trentaine d'années conduit le véhicule qu'il a loué et qui lui rapporte un

148

peu d'argent grâce à la participation qu'il demande aux covoiturés. Il fait d'une pierre deux coups puisqu'il va à Morzine retrouver sa copine pour deux semaines de ski et d'amour.

Sa voisine, une jeune femme d'une trentaine d'années également, brune, au teint quelque peu livide et qui rentre à Morzine après avoir échoué dans ses recherches de travail à Paris. Elle n'est pas d'humeur loquace, elle déprime à l'idée de retourner vivre chez ses parents.

A l'arrière droite, une femme d'âge mûr, les cheveux teints auburn descendants en boucles sur ses frêles épaules et au centre son compagnon, un gars bourru et renfrogné qui n'apprécie pas d'être assis là à côté de ma tata. Ce sont des saisonniers qui partent à Morzine pour travailler dans un restaurant comme cuisinière et factotum.

Assise à l'arrière gauche, ma tante, toute tordue, elle a la joue contre la vitre. Il n'était pas prévu qu'ils soient 4 à l'arrière – si on considère que tata Baluchon compte pour 2 !

Les autres font des tronches pas possibles ! Et il y a de quoi !

C'est la sinistrose dans le véhicule.

Pour contrebalancer les odeurs insupportables qui flottent dans l'habitacle, ils roulent toutes vitres ouvertes et l'air qui s'engouffre dans le véhicule a fini par l'enrhumer …. C'est donc tout naturellement qu'elle éternue vigoureusement emplissant le véhicule d'une brume collante et malodorante.

C'est bien connu, l'éternuement engendre l'éternuement …. C'est un véritable concert cataclysmique !

Le chauffeur décide de faire une pause pipi.

Dès que la tantine a disparu dans les toilettes, la voiture repart en trombe laissant le gros sac imitation peau de lama andain de tata Baluchon sur le bas côté.

Quand elle sort et comprend ce qui vient de passer, elle se met dans une rage digne d'un chien écumant prêt à mordre tout ce qui passe à sa portée. Sauf qu'avec ses chicots ….

Après un long moment de révolte tapageuse qui fait peur aux enfants et terrorise les parents, tata Baluchon finit par s'assagir et à réfléchir à sa situation qui n'a rien d'enviable.

Elle n'est arrivée qu'à Fontainebleau et maudit le chauffeur qui lui a prit cent euros de frais de participation.

Après plusieurs tentatives infructueuses d'autostop auprès des automobilistes de l'aire de repos, elle finit par se diriger vers le parking des poids lourds. Les routiers sont sympas, elle finit par en trouver un pas trop bégueule qui accepte de la prendre à bord.

C'est un brave homme qui conduit avec prudence son poids lourd qui transporte des pièces de rechange de voiture allemandes. Il est bonhomme et engage volontiers la conversation :

« Alors comme ça on vous a laissé sur le bord de la route ? »

« Oui, quand je rentrerai à la maison, il entendra parler du pays, je ne vais pas en rester là, c'est moi qui vous le dis ! »

« Mais c'était des parents à vous ? »

« Ben non, je les connais pas, j'avais trouvé un trip en covoiturage et il m'a pris 100 euros, faudra bien qu'y me les rende ! »

« De nos jours, on ne sait plus à qui se fier ! Une chique ?»

« Non, sans façon ! »

Tata Baluchon, bercée par le ronron régulier du moteur et la musique entêtante des pneus sur l'asphalte finit par s'endormir.

***

« Hep ! Madame, faut vous réveiller, on est arrivés ! »

« Déjà ! On est à Morzine ? »

« A Morzine, mais ça va pas la tête, on est à Saint Trop ! »

151

Et voilà tata Baluchon rendue sur un parking de supermarché non loin de la ville des fameux gendarmes.

Elle traîne son gros sac simili lama andain jusqu'à un autobus qui l'amène jusqu'au port.

Ah ! Elle est fringante avec sa robe bleue à pois noirs, son foulard jaune à voilette violette, ses chaussures rouges et son gros sac marron tout élimé !

Faut dire qu'elle est un peu perdue la tante. Elle n'a pas été programmée pour ce genre de situation et puis …. Où aller ? À qui demander conseil ? Que faire ?

Elle atterrit à la terrasse du café de Paris, sur le quai, fasse à la rade et aux luxueux yachts qui mouillent là, endormis par les légers clapotements de la mer bleue translucide.

Elle demande un café et la carte …. Quand le garçon lui demande de payer le café avant de le lui servir, elle est toute ébouriffée !

« Qu'est-ce qui s'passe ? j'ai une tête de voleuse, il l'a pas confiance, y croit que je vais me sauver sans payer, moi, une descendante des Baluchon, concierges depuis plus de quarante ans ! »

Mais le garçon ne veut rien savoir !

« C'est pour tout le monde pareil, madame, c'est pour éviter la fraude qui est courante ici ! »

Elle s'étrangle en regardant le prix du café !

« Mais c'est pas le prix d'un café, ça, c'est le prix d'un repas ! »

Le garçon ne se démonte pas, il a l'habitude !

« Vous êtes à St Trop, madame, pas à Deauville ! »

Elle se lève et s'en va sans demander son reste ni boire son café qu'elle ne paie pas. Le garçon n'est pas surpris, il commente simplement :

« Encore une fauchée paumée à St Trop ! »

Et il repart avec son plateau et son café déjà froid.

Elle ne sait où aller, elle se sent perdue, abandonnée …. Et finit par s'assoir sur son sac juste en face d'un magnifique yacht de milliardaire : le « Pacha d'al Beïda ».

Elle ne le sait pas, madame Baluchon, mais ce yacht est la propriété du calife de Merguez, un émirat peu connu où il est coutume d'offrir l'hospitalité aux dames moyennant quelques privautés. D'ailleurs, les Merguéziens adorent les femmes obèses.

Le cuisinier du yacht, sorti sur le pont arrière pour fumer un joint la repère et se dit que son maître pourrait bien le récompenser pour une si belle prise.

Il descend donc l'air de rien sur le quai et commence à tourner autour de la concierge qui finit par se rendre compte de son manège.

Le dialogue s'engage …

« Qu'est-ce qu'il a à tournicoter comme ça autour de moi ? Y m'a jamais vue ? Y veut ma photo ?»

L'homme a un fort accent mais il parle un peu le françaoui.

« T'y es nouvelle ici ? »

« Nouvelle ? Comment ça nouvelle ? »

« J'y t'y jamais vue avant ! »

« Ben oui, c'est normal, je viens juste d'arriver par erreur, je voulais aller à Morzine et je me retrouve ici … y parle d'une mésaventure ! Et je connais personne, je sais pas où aller, je suis perdue ! »

Elle esquisse un sanglot.

« T'y veut monter sur l'y bateau ? J'y vais t'y donner à manger, j'y suis cuisinier sur l'y bateau ! »

Elle le scrute fort suspicieusement, mais le gars a l'air normal, comme un président de la République.

« Ben je dis pas non, j'ai rien mangé depuis hier et on a roulé toute la nuit. »

La voilà assise dans la cuisine du bateau à se goinfrer de plats hallal et épicés. Elle se régale !

Soudain, le bateau est saisi de soubresauts. Le bruit s'amplifie et elle comprend que le bateau appareille … qu'il part, quoi !

Elle se lève maladroitement, alpague son sac simili, manque tomber et cherche son chemin vers la sortie…. Qu'elle ne trouve pas. Mais il y a un hublot où elle colle son museau et voit défiler les quais et les autres bateaux …

Madame Baluchon est inquiète … elle se pose des tas de questions qui ne resteront pas très longtemps sans réponse.

Le cuisinier fourbe vient la chercher et 'sirupeusement', il l'invite à venir se rafraîchir sur le gaillard d'avant où, justement, le calife de Merguez se repose.

Elle arrive tenant fermement contre son sein son baluchon … son sac, quoi !

Ignorante des coutumes merguéziennes, madame Baluchon serre la main que le calife lui tendait afin qu'elle la baise respectueusement.

Le calife ne s'offense pas outre mesure de ce manque de civilité, de toute façon, ce n'est pas ce qu'il attend de la dame qu'il observe attentivement et sous toutes les coutures de sa robe à pois. Elle est vraiment parfaite, parfaitement désirable et aux goûts de son hôte.

Celui-ci lui propose de partager un punch au rhum de Couscous , la capitale de l'émirat dont il est le puissant calife puis lui propose d'aller se rafraîchir sans sa cabine avant qu'elle ne le rejoigne dans le salon des privautés.

Elle est prise en charge par deux belles femmes maures mais moins accortes, cependant, que la concierge en goguette …

Après s'être douchée, les odalisques lui proposent une djellaba d'un blanc immaculé. D'ailleurs, elle n'a plus rien d'autre à se mettre, ses vêtements ont disparus.

Les deux femmes entraînent madame Baluchon jusqu'au salon des privautés et c'est là que les doutes commencent à l'assaillir car les murs sont couverts d'estampes japonaises toutes plus explicites les unes que les autres.

Le calife la met à l'aise :

« Viens ma belle, ma loukoum, ma biche sauvage, ma gazelle, viens me faire bouillir l'airo (pénis en arabe) et il sort un énorme vit turgescent !

Vous imaginez le tableau ! ?

Tata Baluchon, les yeux hors de la tête au vu de ce membre habituellement dissimulé mais n'ignorant pas complètement l'utilisation qui en est usuellement faite s'étrangle et tombe de son pouf avant de se redresser vivement et de hurler :

« JAMAIS, vous m'entendez bien, jamais personne ne m'a traitée comme ça, je suis une jeune fille, monsieur, une vraie vierge et je tiens à le rester, je hais le sexe, je le hais … »

Le cuisinier, les deux merguéziennes et le maître d'hôtel se sont saisis de l'excitée et se dépêchent de l'ôter à la vue du calife qui a fait un signe le poing fermé le pouce dirigé vers le bas tout en jurant dans sa langue que cette folle ne vaut pas un pet de chameau.

Depuis le pont arrière, le cuisinier et le majordome pousse la concierge à la flotte pendant que les odalisques jettent les vêtements et le gros sac simili de tata Baluchon par-dessus bord alors que le yacht continue sa course à grande vitesse.

La voici qui barbote empêtrée dans sa djellaba. Elle est en grand péril. Elle essaie bien d'appeler au secours mais l'eau qui lui rentre dans la bouche et le nez l'en empêchent.

***

J'ai un petit coup de blues en passant devant la porte de la loge où est exposée une feuille sur laquelle il est inscrit : « la concierge prend des vacances ».

Où est-elle, que fait-elle ?

Ca ne fait que 4 jours, pas même une semaine qu'elle est partie, mais ça me semble bien plus.

Ne plus l'avoir sur le dos, ne plus me sentir épié, surveillé, ne plus l'avoir sur ma route à me bloquer pour me narrer ses pérégrinations abracadabrantesques …. Tout cela me manque un peu … mais je sais que ça va passer et que cette quiétude doit être appréciée à sa juste valeur…

Épisode 32 : Tata Baluchon en Égypte.

Après avoir dûment bu la tasse, elle se retrouve au Caire où elle va quand même prendre le temps de visiter les pyramides pour son plus grand malheur.

Nous avions laissé Tata en bien mauvaise posture !

Souvenez-vous, elle avait été jetée par-dessus bord par les sbires du calife de Couscous, capitale de Merguez.

Au moment où nous la retrouvons, elle lutte de toutes ses forces pour ne pas couler, entraînée par le poids de la djellaba dont on l'a affublée.

Mais ses forces l'abandonnent et elle se sent entraînée vers le fond, inéluctablement.

Juste au moment où elle pense mourir, elle se sent attirée vers la surface … un voilier qui faisait route au 180 (sud), a vu toute la scène et s'est dérouté pour se porter au secours de la victime.

A l'aide d'une gaffe, Onésime Potiron, capitaine du Bellenouille, voilier de 7 mètres, a gaffé la bignole en détresse et tente de la sauver mais elle est lourde.

Il a une idée saugrenue, il lui crie :

« Retirez votre robe, et accrochez-vous à ma gaffe, sinon je n'arriverai pas à vous sortir de l'eau ! »

Tata Baluchon, qui n'a plus tous ses esprits, a l'impression de passer de Charybde en Scylla, après avoir échappé au calife, la voilà tombée entre les mains d'un autre pervers.

Puis elle comprend enfin comment elle va pouvoir tester la sincérité et l'honnêteté de son sauveur car sa main vient de toucher son sac en peau de lama andain.

Elle le chope et le tend au capitaine qui a été rejoint par son épouse Simone qui attrape le sac et le monte à bord.

Tata se dit alors qu'elle pourra se changer une fois à bord. Dans un mouvement complexe et risqué, elle se débarrasse de sa djellaba tout en agrippant fermement la gaffe. Manœuvre réussie.

La voici nue à bord de la coquille de noix. Madame Potiron l'a entourée d'une serviette de bain et elle la conduit dans la cabine où elle peut fouiller dans son sac … malheur, tout est trempé !

Madame Potiron se dévoue pour étendre une partie du linge et tata restera en attendant dans la serviette de bain dans la cabine.

Onésime Potiron récupère son cap, plein sud.

Pendant la nuit, tata, reléguée dans la mini cabine à la poupe, sorte de cagibi ou de trou à rat, a attrapé le mal de mer et nous la retrouvons pliée en deux sur le bastingage occupée à dégobiller les haricots en boîte qu'avaient réchauffés les Potiron.

Maintenant, son estomac est vide et elle est toujours aussi malade, ce qui ne la rend pas de bonne humeur.

A moitié endormie, elle sent bien que le jour se lève, mais elle est tellement affaiblie que sa cervelle ne répond plus que pour assurer sa survie … et encore !

Dans ce semi inconscient, au milieu de ses rêves éclaboussés d'embruns, une très lointaine inquiétude la tarabiscote … « où vais-je ? » se demande-t-elle.

Puis elle retombe dans les affres de ses plus horribles cauchemars.

« Elle a eut une sacrée chance de ne pas passer par-dessus bord. »

Affirme Onésime Potiron en ramenant sur le pont arrière la tata dans les vapes.

« On ne s'en serait même pas aperçu. »

Opine Simone. Elle ajoute : « Faudra encore nettoyer sa robe elle est pleine de dégueulis. »

« On va utiliser les bonnes vieilles méthodes. »

Dit Onésime qui passe immédiatement aux actes, s'emparant d'un bout, il y accroche un saut qu'il jette à la mer … « un sot à la mer ! » se croit-il drôle de crier. Remontant le seau, il balance son contenu sur tata Baluchon qui revit instantanément sa sordide noyade de la veille. Elle gesticule en tous sens pour tenter de sauver sa peau … puis, reconsidérant la situation, elle s'étonne auprès du couple :

«Si c'était pour me 'tortionner', vous auriez mieux fait de me laisser mourir ! »

Aussitôt, Simone la rassure :

« Mais non, on vous débarbouille, votre robe était pleine de vomis. »

Tata rampe tant bien que mal (plutôt mal d'ailleurs) jusqu'au cagibi qu'on lui a attribué, se laisse tomber sur la couchette et s'endort sans demander son reste.

« Elle va attraper froid si elle reste dans son mouillé. »

Dit Simone inquiète.

« T'inquiète, elle a la peau dure, elle est forte la bougresse. »

Répond, optimiste, Onésime. Mais Simone lui dépose quand même une couverture sur les fesses.

***

Elle est pas belle à voir, tata, quand elle sort la tête de son gourbi. Sa robe n'a pas séchée et tata entreprend un concert d'éternuements, celui dont elle a le secret et qui lui a valu de se retrouver abandonnée sur l'autoroute.

« On arrive bientôt. »

L'informe Onésime.

Tata, bien qu'affamée et enrhumée se sent prise d'un grand stress …

« On arrive **OÙ** ? »

Un silence s'établit, tout juste dérangé par les bruits du vent, de la mer des voiles et des oiseaux qui piaillent comme des pintades.

« Les oiseaux, c'est signe qu'on n'est plus loin de la terre ferme. »

Explique Simone pour briser ce silence tapageur.

Tata, pour se redonner moral questionne affirmativement :

« Nous arrivons bien à Saint Tropez ? »

« Ah non, madame Baluchon, nous arrivons au Caire. »

« C'est où ça ? »

« En Égypte chère petite madame, en Égypte. »

Tata vacille, bien qu'elle soit assise, son regard devient vide comme sa tête et elle penche, comme la tour de Pise, du côté qu'elle va tomber.

Elle ose très timidement :

« Vous ne me ramenez pas en France ? »

« Ben non, nous on était partis pour le Caire, on va au Caire. Mais ne vous tracassez pas, une fois là-bas, vous trouverez bien un moyen de rentrer. »

Tata la bonne vivante, l'irascible, la va-t-en guerre se recroqueville sur elle-même, elle perd le gout de la vie, elle se sent totalement désespérée.

En entrant dans le port d'Alexandrie, sa morosité est puissance 2.

Tous ces navires rouillés, délabrés, échoués ça lui fait penser à un cimetière.

À poste, elle refuse de descendre. Les Potiron lui font signe d'y aller, de se lancer dans la ville antique avec ardeur et confiance …. Rien n'y fait, son dépaysement est total et elle tremble de tous ses membres à l'idée de plonger seule dans cette foule bariolée et bruyante dont la langue lui est parfaitement inconnue.

Soudain, elle entend une phrase familière :

« Comment ça va ! ? »

Ce n'est pas à elle que cette question s'adresse, mais ça la réconforte d'entendre un peu de français dans ce brouhaha de mots étranges.

Un beau garçon bronzé avec un visage barré d'une magnifique moustache à la gauloise vient de monter sur le voilier.

Les Potiron enchantés répondent avec entrain :

« Ça va Abdoullah, ça va très bien, tout s'est bien passé, pas d'anicroche excepté cette dame que nous avons repêchée juste avant qu'elle se noye. »

« Et la marchandise ? »

« Impeccable, pas un gramme ne manque ! »

« OK, mes gars viennent tout débarquer et vous pourrez venir vous reposer et vous restaurer chez moi. »

Tata ne sachant comment se faire remarquer émet un léger toussotement :

« puh puh »

« Et vous aussi, madame, bien entendu ! ».

Tata, échaudée par son aventure avec le calife ne peut s'empêcher de demander :

« Vous avez un salon de privautés ? »

« Mais non, madame, j'ai vécu 20 ans en France et 15 ans aux États-Unis, je n'ai qu'une seule épouse et je suis fidèle. »

Tata fait son plus beau sourire qui découvre quelques chicots.

***

Traverser Alexandrie en voiture pour se rendre au 'Stella Desert Resort' à la périphérie sud-ouest du Caire est une pérégrination en soi dont tata n'oubliera pas un instant.

Cette densité de construction, de population, de bruits, d'odeurs, de mouvements, de couleurs …. Toute cette foule bariolée, ces charrettes attelées à des ânes côtoyant les quatre-quatre énormes et modernes, ces

166

odeurs enivrantes et entêtantes d'épices et de bois de santal lui donnent le tournis et elle croit plus d'une fois s'évanouir sous ce chamboulement de ses sens.

Ils arrivent enfin à une immense porte de fer forgé qui s'ouvre comme par magie et ils pénètrent dans la propriété paradisiaque.

Là, au bord du désert, la route privée passe par un oasis verdoyant et ombragé. Des oiseaux multicolores volètent autour de la berline et on peut même voir un troupeau de gazelles dans une clairière. Puis, soudain, un palais des milles et une nuit surgit, immense et blanc.

Les sols sont de marbre et des fontaines jaillissent des murs et du sol. Les bassins sont emplis d'eau claire où des poissons koï s'ébattent joyeusement.

Tata marche sur un petit nuage, elle est submergée, envoûtée, ravie, enchantée.

Une domestique la mène à sa chambre qui doit bien être grande comme cinq fois sa loge sans compter la salle de bain dont la baignoire ressemble plus à une piscine qu'à une baignoire.

Elle s'allonge sur le lit et s'endort.

***

Elle est réveillée par des borborygmes incompréhensibles. C'est une domestique qui vient la chercher pour diner. Elle finit par comprendre car son estomac parle toutes les langues quand il est affamé.

On a beau dire que « ventre affamé n'a point d'oreilles ! » il a des yeux tapis derrière des moucharabieh !

Il y a au moins une vingtaine de poufs en tissus et cuir qui semblent doux, profonds et confortables, autour d'une superbe table, digne de l'Élysée dressée de fleurs de nymphéas, de verres en cristal de Carrare, de plats exotiques aux couleurs de palette d'artiste peintre, d'autres petits plats emplis de petits pains libanais (Khobs – prononcer : 'Robs' qui veut dire 'pain'), des serviettes brodées et tout un tas d'autres objets en argent et en or …. Les yeux de tata brillent comme des étoiles.

La domestique la tire de son enchantement par la manche … elle souhaite l'entraîner ailleurs …. Vers la salle à manger réservée aux femmes. Le beau rêve de tata se brise dans un 'cling' tintinnabulant.

La salle à manger des femmes est sombre et triste, les plats sont disposés au centre de la table sans décorum. Les femmes, assises en tailleur sur des poufs sobres et inconfortables, sont déjà là et mangent gloutonnement en piochant dans les poissons, les viandes et le riz avec les doigts.

Quel choc !

Mais son estomac se fiche pas mal des états d'âme de l'infidèle et elle entre bientôt dans le concert des doigts fourchettes.

On lui sert un thé délicieux, on lui montre comment se rincer les doigts dans une coupelle en argent puis à s'essuyer sur une grande serviette qui passe de mains en mains.

Elle est ensuite ramenée promptement à sa chambre et aperçoit au passage madame Potiron attablée avec les hommes.

Tata a bien du mal à trouver le sommeil. Elle finit par tomber dans les bras de Morphée inconsciemment ….
Car elle tient à sa virginité.

A son réveil, elle comprend bouleversée que ce n'était pas Morphée qui l'avait prise dans ses bras et que sa virginité a rendu l'âme. Le thé délicieux était drogué.

Elle prend une rapide douche sans entrain mais par pure hygiène. Fait son sac et se dirige vaillamment vers la sortie. Personne ne la retient. Tata a sa tête des mauvais jours, elle n'est pas contente, pas content du tout !

***

Une vieille pancarte bilingue lui indique la direction du Caire centre ville.

Elle marche sans rien voir autour d'elle, sans entendre aucun bruit, déterminée, elle veut trouver le commissariat le plus proche pour porter plainte.

Des voitures la klaxonnent, des taxis ralentissent, elle dépasse une charrette chargée de sacs de blé tirée par un âne épuisé sur le dos duquel un homme en djellaba usée et sale frappe avec violence à l'aide d'un bâton.

Elle se sent aussi épuisée et malheureuse que l'âne.

Elle marche, sous le soleil, sur cette route posée là sur ce morceau de désert aride et stérile.

Elle marche, voûtée, démoralisée et de ses yeux perlent des larmes qui sèchent sitôt tombées sur l'asphalte brûlant.

Elle marche, seule abandonnée, sans un ami, sans personne pour la réconforter.

Elle marche … elle marche altérée et sa pépie est telle qu'elle boirait la méditerranée.

Elle marche et parle à haute voix …

« Zut, j'aurais dû prendre une bouteille d'eau ! Ces salauds qui m'ont sauvé la vie pour me conduire jusqu'ici où je me suis fait violée par une ombre, un sale type dont j'ignore tout et dont je ne veux rien savoir … pourquoi ? qu'est-ce que j'ai fait pour mériter un tel châtiment ? … »

Elle entend un fracas, se retourne et aperçoit la charrette renversée, les sacs de blé éventrés et l'âne mort dans ses brancards.

Elle a envie de courir, mais elle a trop soif et il fait trop chaud ….

La circulation est plus dense et il y a maintenant un trottoir, de cailloux sur lesquels se tordent ses chevilles.

C'est dans un état pitoyable qu'elle arrive au Caire.

Un enfant lui tire la robe par derrière …

« Madam you need guaïde »

« Moi française »

« Moi parle français vous besoin guaïde ? »

Elle réfléchit …

« Tu veux dire 'guide' ? »

« Yes guaïde ! »

« Ok, tu peux me conduire au commissariat ? »

« C'est cinq euros madam. »

Elle sort un billet de cinq euros de son portemonnaie, il s'en empare et se sauve en courant.

Tata est là, sur le bord de la route, décontenancée, elle reprend son monologue …

« Mais dans quel pays suis-je tombée ? »

Elle se tient là, debout, abasourdie, la cervelle dans le brouillard …

Dans un crissement strident de pneus, une voiture s'arrête à son niveau.

Elle sursaute puis constate moitié rassurée moitié encore plus inquiète qu'il s'agit d'une voiture de police.

Par la vitre ouverte de la portière, un flic lui parle à toute vitesse comme si il cherchait à ne pas se faire comprendre. En fait, c'est parce qu'il lui parle en arabe qu'elle ne comprend rien.

Mais à la fin des mots incompréhensibles, elle comprend : 'passeport'.

« Aïe », se dit-elle, « je n'ai pas de passeport … forcément, je n'avais pas prévu de venir ici. »

Elle essaie de faire comprendre au poulet, par signes, qu'elle ne comprend pas.

Elle ajoute :

« Pas compris … moi pas comprendre …. Moi française … »

Et l'autre qui insiste et tend la main en demandant :

« Passeport …. Passeport. »

Elle finit par farfouiller dans son grand sac simili lama andain et en sort sa carte vitale qu'elle tend au flic.

L'autre, évidemment, refuse la carte et re-répète :

« Passeport …. Passeport. »

Elle lève les épaules en signe d'incompréhension totale.

Les flics sortent de leur bagnole et l'enfourne sans ménagement à l'arrière du véhicule. C'est un tacot, une guimbarde, un truc tout juste bon pour la casse, sauf l'autoradio qui hurle une chanson d' Hom Khalsoum dans laquelle il est question d'habibi ….

Tata est perplexe …. Arriveront-ils à bon port ?

Et voilà tata qui arrive enfin dans un commissariat !

***

On l'a assise sur une chaise rustique dans un couloir.

Ça grouille, ça court, ça crie, ça s'agite, ça piaille, ça s'interpelle, ça transpire …. Le commissariat est ouvert à tous les vents chauds et la température

173

insupportable assèche les gosiers … un jeune homme avec un plateau sur lequel repose des tasses en propose une à Tata. Elle a si soif qu'elle boirait même du sable. Le thé lui brûle la langue, mais tant pis. Elle aimerait bien demander de l'eau mais n'a aucune idée de comment s'y prendre.

Un keuf vient la chercher il lui annonce un truc qu'elle ne comprend pas mais saisit qu'il faut qu'elle le suive … Il la mène à une petite pièce meublée d'un bureau derrière lequel un moustachu se manucure consciencieusement. Les murs sont peints d'une couleur caca d'oie et des trous laissant apparaître des pans de plâtre les constellent.

Devant le bureau, une chaise vide semble lui être destinée. Prudente, elle attend un signe que le moustachu ne tarde pas à lui accorder. Elle s'assied.

C'est étrange, mais elle se sent rassérénée. Certes elle ne pige pas un mot de tout ce qui se dit autour d'elle, mais elle ne ressent pas non plus d'animosité.

Enfin, le moustachu laisse tomber ses mains et la regarde comme on regarde les animaux au zoo. Il lui dit un truc …. Elle farfouille dans son grand sac … etc … et en sort sa carte d'identité et sa carte vitale qu'elle tend à l'inspecteur (elle l'appel, intérieurement 'l'inspecteur' ... à cause de la moustache.)

Étonnement, il saisit les documents et les regardent de plus prêt avant de lui demander :

« Françaoui ? »

Elle n'est pas absolument sûre, mais elle pense que ça veut dire 'Française ?' ... et elle n'a pas tort. Elle opine du chef et attend la sentence.

« Ah ! la France ! »

Ça la fait sourire, bien entendu, et elle attend la suite .... Mais rien ne se passe, il se contente de la regarder comme si la surprise l'emportait sur la curiosité. Elle ne peut pas lire dans ses pensées, fort heureusement parce qu'il est en train de se dire que la France, c'est pas terrible !

Il prononce très lentement pour qu'elle aie bien le temps d'entendre :

« Enti standa ana ! » (qui signifie : tu attends là)

Et il disparaît.

Elle est perplexe ! Qu'a-t-il voulu dire ?

Au bout d'un certain temps qui lui paraît des plombes, le moustachu revient avec un petit homme tout maigre et très mal habillé d'un vieux costume beige élimé qui s'adresse à elle :

« Je suis le traducteur, comment allez-vous ? »

Et là, soudain, sans que rien ne le laisse présager, tata s'effondre en larmes sur sa chaise … manquant tomber.

Le petit monsieur essaie de la réconforter :

« Ça va aller, ça va aller, ça va aller …. »

Elle finit par se remettre et demande :

« Est-ce que je peux avoir de l'eau ? »

On lui amène une carafe et un verre ….. elle se désaltère tel un chameau après le gibli (vent de sable).

Et puis, elle leur raconte tout, avec minutie et moult détails.

Le traducteur traduit et le moustachu prend des notes, époustouflé par cette rocambolesque aventure.

***

Rue Pic-puce, les recherches ont commencées depuis longtemps. La tante savoyarde de Morzine a appelé pour demander où était passée tata. Les résidents de l'immeuble ont délégué le propriétaire du 3ème au commissariat pour alerter le commissaire sur la disparition de madame Baluchon. Le commissaire a fait sa petite enquête et a remonté le fil de l'enquête par lui-même. Hélas, la trace de tata disparaît

176

brutalement dans la méditerranée et le yacht du calife de Merguez est introuvable. Tout ce qu'il peut faire, c'est lancer un mandat de recherche dans l'intérêt des familles à l'internationale.

C'est le désarroi dans l'immeuble, l'idée que madame Baluchon aie put finir noyée dans des conditions inexpliquées leur est insupportable.

***

Le commissaire dans son bureau regarde la télé les yeux fermés et le son coupé. Ces enquêtes d'Hercule Poireau, il les connaît toutes par cœur et ça ne l'amuse plus. Il préfère s'en remettre à son imagination pour inventer la mort de madame Baluchon … la dernière fois qu'elle a été aperçue, elle montait sur le yacht du calife de Merguez, un état indépendant de la péninsule arabique qui vit de la vente de son pétrole. Couscous en est la capitale et les merguéziennes et merguéziens sont toutes et tous richissimes des royalties que le calife distribuent généreusement à toute sa famille car tous les merguéziens sont de la même famille les Poichiche, fiers musulmans tolérants envers eux-mêmes et intraitables avec les autres. Impossible de lancer un mandat de quoi que ce soit contre ce calife

177

intouchable car il a des relations très haut placées qui touchent beaucoup d'argent pour fruit de leur laxisme.

Si ça s'trouve, ils ont jeté tata à la mer ?

Et il l'imagine nageant à contre courant, face au vent avec son gros sac en imitation de lama andain, cernée par des nageoires de requins affamés mais prudents car la tata ne se laisse pas facilement intimidée et aussi parce qu'elle fait du kung fu ….

Il est brutalement sorti de son rêve par la sonnerie du téléphone qui l'exhorte à le décrocher.

« Allô ? … Le Caire ?????? …..»

***

Le commissaire, bon enfant, presse son pas en direction de l'immeuble de la rue Pic-Puce. Il a hâte d'annoncer la bonne nouvelle :tata est vivante !

***

Trois carafes d'eau plus tard, tata est soulagée, elle a pu raconter son histoire et ça l'a sacrément soulagée.

Pendant qu'elle narrait ses pérégrinations par le menu, le moustachu a fait informer le consulat de France de sa prise et d'autres conséquences qui pourraient advenir car une équipe de policiers est partie à la recherche du voilier des Potiron : 'la Bellenouille' avec un mandat de perquisition.

Tata a à peine fini de détricoter son histoire qu'un agent consulaire la récupère pour l'emmener dare-dare au consulat.

Le lendemain, dans les journaux, on apprendra qu'un voilier français transportait une tonne de beurre Breton au sel de Guérande de contrebande et un quintal d'andouillette de Guéméné non déclaré en douane !

Par contre, pas un mot sur la bande qui organisait ces trafics.

Au consulat, tata, après avoir une nouvelle fois raconté ses mésaventures est conduite dans un hôtel proche avec un sauve-conduit en attendant d'être rapatriée par un prochain vol.

Ce matin, tata est d'humeur joyeuse. Elle prend un copieux petit déjeuner aux frais de la princesse France et se dit qu'elle ne s'en n'est pas si mal tirée que ça ! elle sera bientôt de retour en France et sera sûrement accueillie en héroïne dans son quartier.

Elle sort pour une petite balade digestive. Elle ne veut pas s'éloigner, elle a bien trop peur de se perdre mais elle a vu depuis la fenêtre de sa chambre une tour qui domine la ville et se dit que ça doit être pas mal de voir ça avant de partir. La réception de l'hôtel lui a confirmé que ce monument, El-borg (la tour du Caire), de cent quatre vingt sept mètres de haut est visitable.

C'est en haut de la tour que tata prend une très mauvaise initiative.

De cet endroit élevé, on a une vue exceptionnelle sur le Caire et au lointain on peut apercevoir les majestueuses pyramides égyptiennes.

Tata se dit qu'elle ne peut pas rentrer avant d'y être allé. Que diraient ses amis si elle revenait sans avoir touché du doigt les pyramides ?

De retour à l'hôtel, elle demande à la réception s'ils auraient la bonté de lui organiser une petite visite ?

C'est comme ça qu'elle est là, amenée par un taxi jaune, menaçant à chaque tour de pneu de s'écraser sur lui-même, aux pieds de la pyramide de Khéops, gigantesque,   impressionnante, royale ... les qualificatifs lui manquent ...

« Madame, madame, chameau ? »

Un loueur de dromadaires lui propose une petite balade qu'elle ne peut refuser …. Ah la la ! les habitants du quartier vont mourir de jalousie quand elle leur racontera ça !

La pauvre ne peux pas deviner qu'elle vient de tomber sur Ibrahim Souz, un trafiquant d'armes et de tout ce qui peut se négocier comme les otages, par exemple …. Il l'a bien accrochée au dromadaire, elle ne comprend que quelques instants plus tard la raison de cette précaution, lorsque le chameau s'élance à vive allure vers le désert …..

Épisode 33 : Tata Baluchon au Soudan.

Le chameau court à vive allure droit sur la ligne d'horizon.

Tata s'accroche comme elle peut car bien qu'attachée solidement à la selle et au harnais, son buste, lui, est brinqueballé en tous sens. Elle ne risque pas de tomber de sa monture, mais ses reins son soumis à rude épreuve.

Et puis, ses sursauts, suivis de petits bonds, suivis de tangages et de roulis lui rappelle le bateau et son teint commence à verdir.

En fait, le chameau décrit un arc de cercle qui, sans le ramener à son point de départ, le fait retourner vers le

Nil à quelques kilomètres en dessous de sa base de lancement.

Bientôt, elle aperçoit un petit village et des enfants qui jouent. Elle reprend espoir et se met à crier

« Au secours …. Au secours … »

Les enfants lui font de grands gestes amusés de voir cette 'roumie' galoper seule à dos de chameau dans le désert.

« Une folle »

Conclut un des bambins.

Tata aperçoit le Nil qui approche rapidement et elle panique à l'idée que le charmant chameau puisse se jeter à l'eau. Si il ne sait pas nager et coule, elle coulera aussi.

Mais, au loin, un autre chameau arrive vers elle, un cavalier sur son dos.

Il les rattrape et l'homme des sables les arrête prestement puis les conduit plus calmement vers une tente qui jouxte une felouque.

Des bédouins enrubannés sont assis en tailleur fumant le narguilé sur une natte de papyrus tressée au centre de laquelle trône un plateau d'argent ciselé supportant des tasses et une théière.

Ils discutent entre eux mais tata ne peut pas comprendre. Pourtant c'est d'elle qu'ils parlent et du meilleur moyen de faire monter les enchères.

Ils sont d'accord sur une chose : l'Égypte n'est pas le meilleur endroit pour tirer profit de leur prise.

Tata est conduite sous la tente et on lui offre un thé et de l'eau.

« Y vont me garder longtemps ? J'ai un avion à prendre, moi, on m'attends chez moi, ru Pic Puce, c'est le Consulat qui me l'a dit , vous pouvez leur demand………. »

Elle s'endort, assommée par le barbiturique contenu dans le thé.

***

A son réveil, elle voit les berges qui défilent. La felouque remonte le Nil, elle ne pourra pas aller plus loin qu'Assouan, là, il leur faudra changer de bateau à chaque barrage, puis naviguer jusqu'à Dongola …

Tata en a vite assez de manger des dattes, du riz et de galettes de mil tous les jours, le matin, le midi et le soir … elle parle toute seule :

« Ah ! une bonne soupe au chou, avec du lard, des patates, des poireaux … »

Elle se fait rabrouer

« Ektem » (*ferme-là*)

Lui dit un gardien.

Mais, ce qui la traumatise le plus c'est de trouver le meilleur moyen de faire ses besoins. Pas d'escale, pas de pause sur la rive, navigation non-stop … Elle observe subrepticement, comment s'y prennent les hommes.

Oh ! c'est simple pour eux car ils vont à la poupe (arrière) de la felouque, s'accroupissent au dessus de l'eau et sous leur djellaba se vident. Ils ont toujours une vieille boîte en ferraille qu'ils remplissent d'eau avant d'aller à l'arrière et sans voir le geste technique, on devine aisément qu'ils se lavent.

Bien entendu elle observe l'air de rien car elle est persuadée que si ils la voyaient les reluquer, ça pourrait aller très mal pour elle.

N'y tenant plus, elle prend son courage dans ses mains et dans sa djellaba immaculée, elle puise un peu d'eau du Nil dans la boîte en ferraille, va à l'arrière, s'accroupit et …. tombe à l'eau ! Elle vient de comprendre à quoi peut servir la cordelette attachée au plat bord. La prochaine fois elle ne tombera pas à l'eau.

Ils l'ont repêchée, non sans mal car manœuvrer sur le Nil avec une felouque à voiles qui ne possède pas de marche arrière … est particulièrement périlleux.

Elle a quand même profité de l'incident pour se lâcher et elle commence à devenir encore plus philosophe que son maître … Onfray. C'est pour cette raison qu'elle ne se sent pas humiliée des rires des hommes ni du ridicule de la situation.

Malgré les frontières de la langue, tata n'hésite pas à s'adresser aux hommes :

« Alors ? Y vont faire quoi de ma personne ?

Dites, y savent qui je suis ?

Y savent pas que je connais personnellement un commissaire qui doit être sur ma piste, s'il vous retrouve … il ne fera qu'un bouchée de vous …. »

Bon, là, ils lui ont mis un bâillon … ils sont tolérant, mais y'a des limites !

Tata serait-elle en train de changer ?

Elle pourrait profiter des paysages et des personnages qui ont un petit air biblique, mais elle recommence à déprimer car elle n'a personne pour parler et malgré ses efforts, ses geôliers ne font aucun effort pour lui prêter attention.

Arrivés à Dongola, fini la felouque … en voiture tata jusqu'à Khartoum, et ce n'est pas mieux …. La route de terre rouge, jaune, la chaleur, la poussière qui pénètre tout et colore la peau et bouche les pores, le chahut, les bosses, les creux, la tôle ondulée qui masse les fesses jusqu'à les rendre plus douloureuses qu'un mal d'amour.

***

Et puis tout finit un jour ou l'autre et après un périple qui a vu tata fondre de quinze kilos la voiture aborde enfin les faubourgs de Khartoum.

Enfin …. En fait de faubourg, il s'agit surtout de huttes de bois et de tôles, des maisons vétustes assises sur la terre brute sans portes sans fenêtres que des femmes entretiennent avec ferveur car ce sont leurs demeures.

Puis les maisons ressemblent un peu plus à des maisons, alignées dans un ordre qui ressemble à des rues mais avec, quand même, des décrochements spontanés et souvent surprenants.

Mais tata n'a pas vraiment le cœur à observer l'architecture d'Omdurman car il ne s'agit pas de Khartoum mais de sa banlieue externe, sur la rive gauche juste là où s'unissent le Nil blanc dont les sources furent si longtemps source de polémiques et le Nil bleu descendant des plateaux éthiopiens.

Tata s'en fout !

Ses gardiens la dépose dans une de ces maisons en bois ne ressemblant à rien qu'elle connaisse, qui de l'extérieur paraît devoir s'écrouler à tout instant et qui

188

de l'intérieur est raisonnablement cossue et confortable. Il y a même un tartisse et une douche.

C'est surprenant, mais elle s'accoutume vite à tout ce qui défile désormais dans sa vie comme un cheval lancé au galop !

« Bon ! où est-ce qu'y m'ont amenée cette fois ?

Voyons voir un peu ce que c'est que cette maison ?

Ah ! ça c'est les water et là la douche … pas pratique, ça … ça c'est la salle à manger, là une chambre, une autre … ça … ça doit être un débarras, encore une espèce de chambre … et je reviens dans la cuisine. Y'a quoi dans le frigo ?

AH ! C'est pas vrai !!!!! du chou …. Y'a pas de lardon mais y reste une carotte et des patates, je vais me faire une bonne soupe, ça va me redonner du courage et pis …. Tiens, je vais mettre ce bout de viande dedans … »

Et voilà tata partie à cuisiner, oubliant tout et chantonnant même une chanson de son enfance …

« À la Bastille on l'aime bien Nini peau d'chien …. »

***

Ça doit bien faire 3 heures que ça mijote et la nuit est tombée.

La clef tourne dans la serrure de la porte d'entrée et deux hommes enrubannés pénètrent dans la maison qui est toute parfumée de l'odeur de la soupe au chou / mouton. Ils sont grands, minces dans leurs djellaba et ont des mines patibulaires. L'un deux porte un balafre qui lui zèbre la joue gauche de l'oreille au menton le rendant encore plus inquiétant que l'autre qui est pourtant pas beau du tout !

Les narines des hommes sont flattées ils retirent promptement leurs turbans blancs (une 'imma' - coiffe traditionnelle), et ils s'asseyent prestement à la table de la salle à manger avant de taper deux fois dans les mains pour qu'on les serve …

Tata ne comprend évidemment rien à ce manège et est en train de se régaler de sa bonne soupe assise à la table de la cuisine.

Au bout d'un moment après avoir taper plusieurs fois dans leurs mains, un des hommes se dérange.

Il reste la bouche ouverte sur le pas de la porte de la cuisine, ne parvenant pas à croire ce qu'il voit, c'est-à-dire tata en train de manger leur repas dans la cuisine sans le moindre respect pour les traditions soudanaises !

Il l'attrape brutalement, lui hurle des insultes à faire rougir de honte un rabbin et l'emmène prestement pour la jeter sans délai dans ce qu'elle a pris pour un débarras et qui est sa chambre. Il claque la porte et lui dit une insulte que mon éducation m'interdit de vous traduire mais que la votre ne vous interdit pas d'écouter bandes de ….. bachibouzouks !

« Ton père t'a fini au pipi fille d'infidèle ! »

Avouez que ce n'est pas très amène.

Mais elle lui répond du tac au tac

« Va donc eh bouseux ! Tu vaux pas mieux que l'cul d'ta vache ! »

Ouaip ! c'est pas du Shakespeare …. C'est mieux !

Elle reste dans le noir jusqu'à s'endormir.

***

Avez-vous remarqué que partout dans le monde les taxis sont jaunes …….. sauf en Europe ?

Si vous l'ignoriez, vous allez avoir l'heur de le constater en suivant tata dans ses pérégrinations.

Vous allez aimer la place de la femme …. Pas seulement dans les taxis !

Tata ne souffre pas en vain. Elle n'a pas eu la chance de suivre des études supérieures, ses parents ne pouvaient pas les lui financer … et là, l'occasion lui

191

ai donnée d'apprendre plus sur les hommes et les sociétés qu'en dix ans d'université.

Eh oui ! Tata est de plus en plus philosophe. Les leçons d'humanité de la vraie vie sont beaucoup plus réalistes et violentes que dans une salle de cour surchauffée, et tellement plus imprégnantes aussi !

Écouter les blablas d'un philosophe autoproclamé sur Nietzsche Engel le cul dans un fauteuil confortable ne vaudra jamais les leçons données à coup de claques dans la gueule par un macho illettré.

***

Le commissaire n'est plus bon enfant, il marche courbé, les yeux rivés sur ses chaussures ….

Il cherche les mots qu'il va bredouiller pour annoncer la nouvelle de la disparition de tata en Égypte.

Le pire, peut-être, c'est que personne ne sait ce qui est arrivé après qu'elle soit montée sur ce foutu chameau. Qu'elle mouche a bien pu piquer tata de grimper sur un dromadaire, elle qui n'avait jamais monté autre chose qu'un dada en bois sur un manège tournant en rond ?

Tout le monde se retrouve dans la loge de la concierge.

Le commissaire prend la parole

« Comme je vous l'ai dit au téléphone, nous sommes sans nouvelles de madame Baluchon qui a subitement disparue sur le dos d'un dromadaire alors qu'elle visitait les pyramides. Je n'ai pas d'autres informations du Consulat du Caire pour le moment. »

Le perroquet fait part de ses émotions :

« Elle est où la vieille ? »

La propriétaire du 3ème gauche s'inquiète

« Vous pensez que le dromadaire l'a enlevée ? »

« Un dromadaire ne prends pas d'initiative, si elle a été enlevée, le chameau n'est qu'un instrument du rapt ! »

Répond le commissaire. Le propriétaire du 5ème gauche n'a pas tout compris

« Mais c'est un chameau ou c'est un dromadaire qui l'a enlevée ? »

« C'est la même chose ! »

Répond la propriétaire du 3ème gauche. Du tac au tac, le propriétaire du 5ème gauche lui rétorque :

« Ah ! Pardon, je me suis renseigné sur internet, il y en a un qui a deux bosses et l'autre une seule ! »

« Ah oui ! Et lequel à deux bosses, le dromadaire ou le chameau ? »

« Ben, je me souviens plus … ! »

Le perroquet s'en mêle :

« Moi j'ai la bosse des maths ! »

Le commissaire reprend l'initiative :

« Nous n'allons pas nous chamailler pour une bosse, je suis venu vous prévenir afin que vous annuliez la petite fête que nous avions prévus … mais ce n'est que temporaire, nous espérons bien la récupérer rapidement et bien sûr, je vous tiendrai au courant. »

Tout le monde retourne à ses occupations … le perroquet conclut :

« J'ai faim ….. j'ai faim …. »

La propriétaire du 3ème gauche qui est en charge des animaux de tata leur donne à boire et à manger.

- *Pour votre info, le chameau a 2 bosses.*

***

Tata sort de son placard et fait une toilette de chat.

Puis elle fait le tour de la maison vide.

On voit que les deux chambres ont été occupées, les lits sont défaits.

Elle tente d'ouvrir les fenêtres, mais elles sont toutes bloquées tout comme la porte d'entrée.

Elle fouille les placards et déniche son sac en simili peau de lama andain contenant ses affaires plus la djellaba qu'elle avait récupérée du yacht du calife pervers. Elle met tout ça dans le placard qu'on lui a si généreusement alloué.

Dans une armoire encastrée dans le mur, elle dégote une petite télé. Si elle marche, ce sera mieux que rien. Pour faire antenne, elle fait comme chez elle, elle plante une fourchette dans la prise d'antenne ; et ça marche ! c'est du noir et blanc et ça cause en arabe, mais ça fait une présence. Et puis il y aura peut-être des chansons ou des musiques …. Arabes ! Sans y penser, elle fait comme à Paris, elle met la télé à fond.

Elle fouille le frigidaire que quelqu'un a réapprovisionné.

« Tant mieux »

Se dit elle, je vais pouvoir me faire une petite soupe de tomates / pommes de terre. En attendant, elle se fait chauffer un grand bol de lait … tant pis pour le café, elle ne sait pas comment utiliser la cafetière italienne qui la nargue dans le buffet de la cuisine.

Il n'y a plus qu'à attendre, en regardant la télé ….

A midi, elle se prépare une soupe.

A quatre heures elle finit la soupe du midi et pour occuper le temps, elle se prépare une soupe pour le soir avec un peu de viande du frigidaire.

La nuit commence à tomber. Elle range tout et va vite se retirer dans son placard.

Une heure plus tard, elle est extirpée de son antre sans ménagement. Le grand gaillard enrubanné lui fait comprendre qu'elle doit faire à manger et les servir dans le salon ….

Tata lui fait un bras d'honneur et s'apprête à retourner dans son cagibi, mais elle est violemment frappée dans le dos et sur les jambes. Elle vacille et tombe. Le gars la prend par les cheveux et la traîne jusque dans la cuisine. Il n'a pas l'air d'apprécier l'attitude de tata et le lui fait savoir à grands coups de tatane dans le bas du dos.

Vaincue et en larmes, tata se met au boulot.

Elle n'a pas fini d'éplucher les carottes qu'on frappe de grands coups dans la porte d'entrée. Elle ne parle certes pas arabe, mais le mot magique est universel, elle entend crier du dehors :

« Police » (et d'autres mots qu'elle ne comprend pas.)

Branle-bas de combat dans la baraque, les fellahs tournent en rond, pris comme des rats dans leur propre piège. Tata s'est cachée dans l'armoire encastrée et tremblant comme une feuille dans la bourrasque elle attend la suite.

La suite ne tarde pas, les flics défoncent la porte et entrent en nombres. Les voyous tirent quelques coups de feu auxquels les forces de l'ordre répliquent en mitraillant à tout va. Puis c'est le silence. On entendrait un cafard péter !

Tata n'ose pas bouger, de peur de se prendre une rafale.

Quelqu'un parle sur un ton interrogatif, mais elle fait le gros dos. Ils la cherchent peut-être, mais pour lui faire quoi ?

La prudence lui conseille de ne pas moufter. La porte de l'armoire finit par s'ouvrir toute seule, seulement tirée par la main innocente d'un poulet ('djaj' en arabe).

La bagnole dans laquelle ils la baladent est en pire état que le taxi égyptien. Tata, serrant sur ses genoux son sac simili lama andain, se demande vraiment comment pareille épave peut encore rouler ? Subsidiairement, elle se demande aussi qu'elle peut être sa destination ?

Quand ils la sortent de ce tombeau, elle voit un agent de police en tenue française venir à elle. Elle se dit que soit elle rêve, soit elle a rêvé et qu'elle n'a jamais quitté Paris !

Les arabes remettent tata au policier français, c'est un des gardes du consulat français de Khartoum.

Tata est sauvée !

***

Ils commencent à lui poser des questions mais renoncent rapidement, elle est dans un tel état de confusion qu'ils décident de la mettre à l'abri au Méridien de Khartoum, un hôtel trois étoiles où escalent le personnel volant d'Air France et tous les espions françaouis de passage dans la capitale Soudanaise. Les américains ayant leur base au Hilton.

L'agent qui l'accompagne lui fait la leçon :

« Vous ne quittez votre chambre sous aucun prétexte, vous n'ouvrez votre porte à personne d'autre que moi et demain matin, je viendrai vous chercher pour qu'on vous fasse examiner à l'hôpital et qu'on vous mette dans le premier avion pour Paris. C'est bien compris ? »

198

Tata a surtout retenu que demain elle sera à Paris, le reste …. Malgré tout, elle répond

« Oui »

Car c'est qu'on attend d'elle.

Le grand hall du Méridien où trône un bar gigantesque aux mille et une bouteille d'alcool et où se diffuse une musique douçâtre et gluante, grouille de tout une faune exotique et bruyante de personnages haut en couleurs et en gueule. Les lumières sont tamisées, il y a au centre du hall un ensemble de tables dressées, n'attendant que les convives qui pour l'instant sont accoudés au bar ou dans les ailes du hall où il fait presque nuit. La plus grande partie de l'assistance est composée d'hommes, d'européens de français, même. Il ya quelques femmes. Ce sont des diplomates, des hommes d'affaires, des espions, et de nombreux expatriés qui n'ont pas trop de choix de distractions à Khartoum. Ils sont, pour la plupart en grande discussion autour d'un verre et d'un plateau d'amuses gueule. Ça sent le complot, les messes basses, les confidences libres ou forcées, le complot, la trahison et les petits arrangements entre amis. Ça lui fait penser à de vieux films d'Agatha Christie qui se déroulent en Asie, croit-elle se souvenir.

À son passage, un silence se fait et tous les yeux se tournent vers elle. Pensez donc, une dame seule accompagnée par un agent français, il y a vraiment de quoi attiser toutes les curiosités réunies là.

Dans sa chambre, elle se douche et s'apprête à se coucher. Elle ouvre quand même la petite télé noir et blanc qui passe la même émission que pendant la journée. Elle la referme.

Puis elle se couche et éteint tout.

Une heure après, tata ne dort pas. Son estomac ne cesse de baragouiner sa faim

« du pain, du vin - du pain, du vin – bara, gwin – bara, gwin (en Breton) ! »

N'y tenant plus, elle se décide à descendre. Elle se rhabille, puis, prudente et échaudée, elle se saisit de son grand sac fatigué et appelle l'ascenseur.

Arrivée en bas, dans le grand hall, elle cherche une table libre, le brouhaha baisse de deux tons et les conversations se font feutrées.

Des tables libres, ce n'est pas se qui manque, mais ce qui la chagrine, c'est que c'est en plein milieu du hall, bien éclairé et à la vue de tous. Elle aurait préféré un brin de discrétion. Elle en choisit une, la plus proche des ascenseurs, relativement, et s'attable dans l'espoir qu'un garçon vienne prendre sa commande. Elle n'a pas d'argent, mais elle a réfléchit qu'elle dira de mettre ça sur le compte du consulat.

Ce qu'elle ne sait pas, c'est que d'une les tables sont toutes réservées, comme tous les jeudis soirs, veille du vendredi jour sait et férié et de deux que cette table est habituellement occupée par la consule d'Angleterre. Elle ne le sait pas encore ….. elle ne va pas tarder à le savoir …. Car un homme vient à elle, un verre à la main et l'air courroucé.

« How are you tonight ? »

Lui demande-t-il d'un ton pincé et avec l'accent d'Oxford qu'aiment à prendre les cuistres anglais qui travaillent aux affaires étrangères auxquelles ils ne comprennent rien.

« Quoi ! ? qu'est-ce qui veut le rosbeef ? »

Rétorque la tata qui ne va tout de même pas se laisser impressionner par le premier godelureau venu.

Avec toujours le même accent désuet, le diplomate lui répond en la toisant :

« Je moi suis conseiller culturel consulat Grande Bretagne, vous assis table de madame consule Angleterre de Royaume-Uni, vous devoir décamper immédiately ! »

« Ah ouais ! Et elle est où cette dame ? »

« Assise là, petite table, elle prendre drink en attendant service. »

« Eh ben y lui dira que qui va à la chasse perd sa place. »

« Madame, vous pas comprendre, ce table réservée, vous décampe immédiately ! »

Tata fait semblant de ne rien entendre et reste là, son sac sur ses genoux et l'attitude fière de la frenchy qui n'en n'a rien à foutre de la reine des English.

La consule qui a suivi le petit manège dans la pénombre se lève et approche de la table. Le hall est presque silencieux, on entendrait un éléphant tousser.

Elle est presqu'aussi grosse que tata, a un air parfaitement renfrogné, est coiffée par un bulldozer et maquillée par Salvador Dali. Ses fringues sont à se suicider et elle porte des chaussons que lui envie aussitôt tata qui ne porte que des babouches depuis qu'elle a touché le sol Africain. Elle a moins d'accent que son factotum, mais quand même, elle en trimballe une bonne couche.

« Hello Mademoiselle ! John, asseyez-vous, nous serons mieux pour discuter.

Alors comme ça vous êtes française ! ? Vous travaillez pour le consulat français, je ne vous ai jamais vue auparavant ! ? »

Tata semble embarrassée, elle se demande quelle entourloupette lui prépare la grosse anglaise.

« Non, je suis seulement en vacances. »

Et intérieurement, elle se marre de la bonne blague qu'elle vient de faire aux british.

« Ah ! Vous êtes neutre, alors ? »

« Je suis quoi ? »

« Neutre, ça veut dire que vous êtes objective, vous ne prenez parti ni pour les uns ni pour les autres tout en restant française, c'est bien ça ? »

« Je comprends rien à votre truc, mais, oui, je suis française. »

« Savez-vous, très chère, que vous pourriez rendre un très grand service à nos deux pays, la France et la Grande Bretagne ? »

« Moi ! ???? »

Tata sent la fourberie qui lui monte au nez …

« Mais oui, vous, car vous êtes neutre, vous ne faites pas partie du corps diplomatique et à ce titre, vous pouvez donner une opinion d'arbitrage qui permettra de résoudre un très gros problème entre nos deux pays. »

« Je préfère ne pas m'occuper de ça, j'ai juste faim et après je vais me coucher … »

« Oui, je comprends, il n'y a pas de soucis, vous pouvez tout à fait faire les deux. »

Un silence s'établit et un serveur vient l'interrompre. Comme il parle arabe et anglais, la tata se retrouve tributaire du corps consulaire. La consule traduit pour elle les plats que propose le garçon tout en lui donnant quelques indications sur la recette qui les compose.

« Le houmous, c'est un peu comme votre french purée mais avec des pois chiches.

La chorba, c'est une soupe avec du mouton, des carottes, des oignons, des courgettes, des tomates des … »

« Oui, ça j'aime bien, une bonne soupe, c'est de ça que je rêvais ! »

Et elle se lèche les babines.

La consule passe au plat principal et lui propose

« 'djaj pilipi', c'est un poulet rôti épicé aux piments oiseaux, ou alors des 'beida', c'est-à-dire des œufs soit au plat soit en omelette et le tout avec des frites. »

« Je vais essayer le poulet … »

Tata est heureuse que la consule prenne tant soin d'elle, ses réticences disparaissent et elle se sent, la pauvre, en confiance.

A la fin du repas, tata accepte un 'cheese cake' et un cognac. Elle qui ne boit jamais !

Tata est rubiconde, ce repas de fête et cet alcool lui ont retourné les sens et elle se sent pleine de vigueur, d'ardeur et d'ambitions.

C'est évidemment l'instant que choisit la consule pour l'entreprendre :

« Madame Baluchon, aimeriez-vous servir votre pays ? »

« Ben dame oui ! Mais je veux pas faire ça ici, je veux rentrer chez moi ! »

« Mais oui, bien sûr, vous pouvez faire tout ça en même temps. »

Tata est embrouillée, elle se demande comment elle peut à la fois servir son pays au Soudan et rentrer chez elle d'ici demain ?

« Venez madame, nous allons vous expliquer … » … ils l'entraînent vers l'ascenseur …

Du même auteur

- **DVDP la Joconde** (polar artistique)
- **Ludmilla** (roman d aventures)
- **Un raout chez les ploutocrates** (pièce de théâtre)
- **Aux ailes bleues du vent** (poésies chansons mirlitons)
- **Métempsychose du bigorneau** (recueil de nouvelles)
- **Mel pot littéraire** (sketches humoristiques)
- **Yfig fait son cinéma** (scenarii de courts et longs métrages)
- **Les aventures extraordinaires de Tata Baluchon** (série télé)
- **Un psy peut en cacher un autre** (pièce de théâtre de boulevard) - SACD
- **Apocalypse nucléaire** (pièce de théâtre comédie dramatique)
- **Meurtre parfait** - (pièce de théâtre - comédie satyrique)
- **Le fantôme du château de hurle aux loups** (pièce de théâtre ados)